著者近影

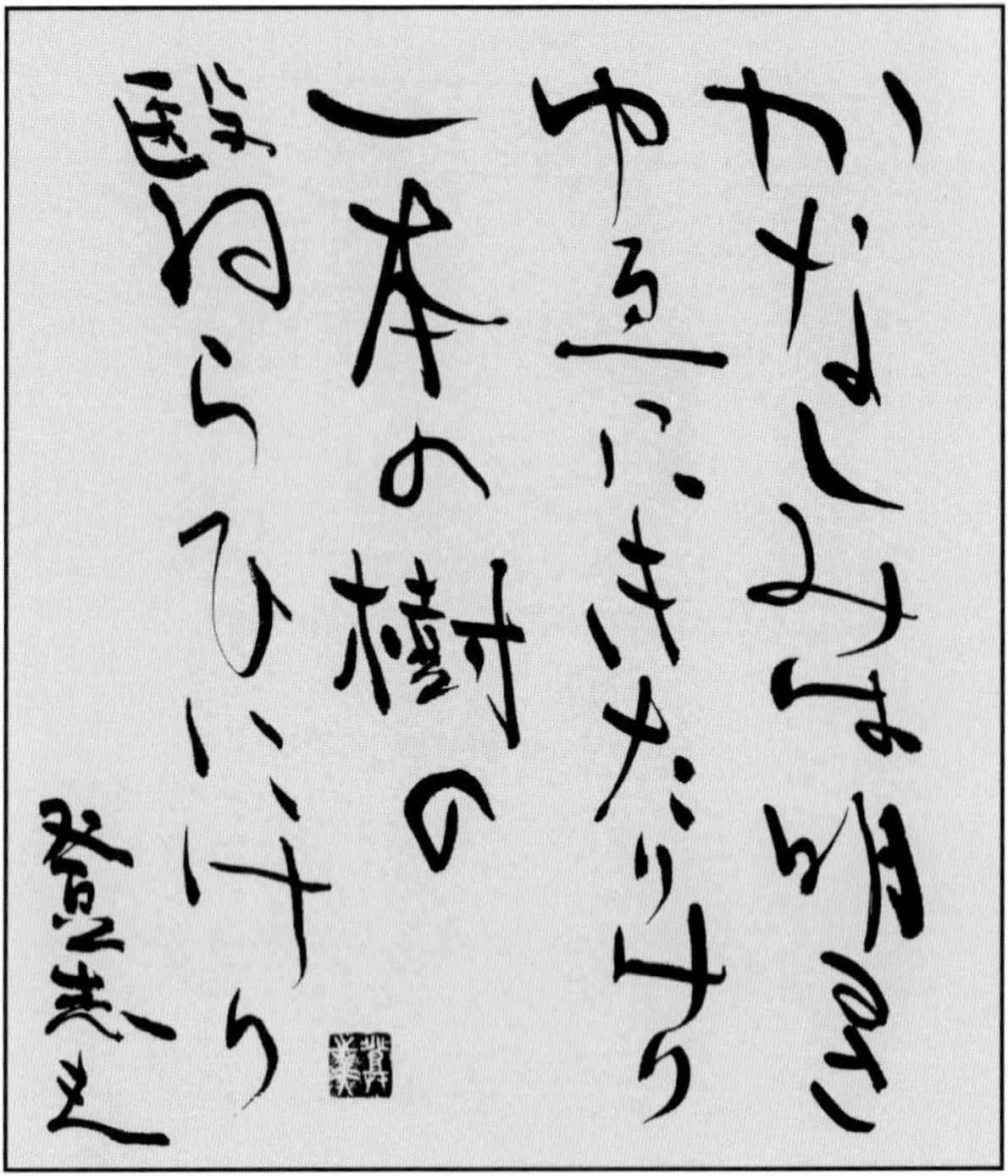
かなしみは明るさ
ゆゑにきたりけり
一本の樹の
翳らひにけり
登志夫

著　者　筆　蹟

短歌研究文庫

—— 22 ——

前 登志夫歌集

前 登志夫著

短歌研究社

前登志夫歌集 目次

樹下集 抄　二五〇首

鳥獸蟲魚 抄　二〇八首

青童子 完本　三二五首

子午線《しごせん》の繭《まゆ》

抄　二四二首

樹

樹

かなしみは明るさゆゑにきたりけり一本の樹の翳らひにけり

ひと冬を鳴く鶲《ひは》ありきたましひは崖にこぼるる土くれの暈《かさ》

あけがたの白くしみゆる杉の木の根かたにこぼるいきものの歯は

樹に告ぐる飢ゑ透きとほる鶲の朝つぶさに懸かる白き日輪

しろき朝のわが変身を叫びつつこのはるけさに墨《すみ》縄をひく鳥

わが柩ひとりの啞に担がせて貧のかげ透く尾根越えにゆけ

海にきて

海にきて夢違《ゆめちがへ》観音かなしけれとほきうなさかに帆柱は立ち

永き不在生くるいのちは海原に五つばかりの帆をかくしおけ

古めきし別離はありき歩みゐるこのやみの圏《わ》に海は眠れり

夜《よ》の歩みはてしなくたたむ暗闇《くらやみ》のむささび型のてのひらに問ふ
岩に貝を投げつけて割り食《た》ぶると古き代の生活《たつき》言ひし少女子《をとめご》

月読行

茸いま暗闇の土に頭あぐ月の出の暗きくらき時なり
月の夜はわが靴ほどの罠かくしわれを行かしむ輪廻《りんゑ》の駅に
夜ふけて脳をついばむ月よみのさびしき鳥よ爪きらめかせ
樹の央直《まなかたつ》に挽きたるのこぎりの金切声は真夜《まよ》をかへり来《く》
もの音は樹木の耳に蔵《しま》はれて月よみの谿をのぼるさかなよ
燃ゆる日に腹割きし魚《うを》の藍ひとつ千年ののちにかへる圏《わ》があり

雉　村

あなうらゆ翔びたつ雉の黄金《きん》のこゑ夭夭《えうえう》として樹樹は走れる
樹木らの青き心臓を射貫きたり、ひとこゑ鳴きて雉をみつらむ

百段《ももきだ》の田をつぎつぎにひたしゆく水の下降《かかう》に涙湧きくる

丘のうへ草刻みゐるまるき背に旅の夕焼け区切られてゐき

ほしぐさの乾ける夜に誓ふべし万の蛙の山上の弥撒《みさ》

家もなし野もなしゆき霏霏とふるいま鳴る楽は黒き地の時間《とき》

霏霏

雪原にわれを縛れる紐ありきその黒き紐を手繰る貌あらむ

風やみて死者の境《さかひ》に近づきぬわが足あとのすでにあらずも

つひにしてわれのみ黒く歩みをりこの白き野に動く紙魚《しみ》なれ

地下鉄の赤き電車は露出して東京の眠りしたしかりけり

都市の神話

ものみなは性器のごとく浄められ都市の神話の生まるると言へ

混凝土《コンクリート》の長き塀なりなげうちて打割らむもののもちて過ぎしか

予言

向う岸に菜を洗ひゐし人去りて妊婦と気づく百年の後

この岩が蛙のごとく鳴くことを疑はずをりしろき天《あめ》の斑《ふ》

つつましく橋渡りこし素直さも斜《はす》に踵の減りつくしたる

夜《よ》となりていのち急《せ》くかな瀬を奔る暗き水の上《へ》樹は鳴りとよむ

ひたひたと水叩きをる舌あれば死の階段《きだ》をゆく鰭《ひれ》のごとき足

くちあけてみな眠る夜《よ》に小石ふみ覚めてゐたりき証《あかし》にあらず

昼のごと明《あか》き月夜を溯るさかなの浮嚢《うき》も透きてやあらむ

樹・樹・樹

物象《もの》なべて凍《い》てて音なき黄昏の限りなく遠しとほしその城

三角の図形を保ち瀬に棲める鮎おもひをり冬の都会に

手の孤独その手を落つる滝なれば叫びのごとく冬は会ふなり

形象《いめいじ》の毛並をたてて叛くとも清しき冬ぞ世界の真昼

雪ふれば祈れるごとく道をゆく雪つもる樹のかたはらを過ぎ

死者も樹も垂直に生ふる場所を過ぎこぼしきたれるは木の実か罪か
刺すごとく空を指さす杉の樹のたちまちにしろし祈るべくして
ひそとやみ死者より早く生れしや目に嵌《は》めてをり赤き木の実を
みづからの足あとをゆく性《さが》なれば雪とける日は神にし会はむ
さかしまに天女のふれる塔あれば野をみおろせる早春《はる》のかなしみ
ぎこちなき死の重さもて落ちる枝春立つといふ山の静けさ

見　者

けものみちひそかに折れる山の上《へ》にそこよりゆけぬ場所を知りたり
世を拗ねし者ならなくにまなかひにけものみち消ゆここに嘆きつ
かうかうと獣と人の歩みたるひそけき辻に石は彫られぬ
われは昔風の又三郎この高原《をか》に白鳥のごと霧はふりにし
おお退屈きはまる風景搔き消してふる霧のなか走れ樹木は

あかあかと杉の梢の燃ゆるとき夕映の鳥はそこから黒し
風の知らぬ山の窪地《くぼみ》に伏すわれぞ秋七草にすでに飾られき
形象《いめいじ》のみなこぼれあせ苦しとき一人の見者世にあらはれむ

刑

すさみたる故国の貧を生き来たり川幅におつしろきこの雪
寒空のかたき記憶のはがれきて埋れるごとき刑《しおき》もありぬ
いくたびも背信の創《きず》を負ひて来つ憎みきれざるよ山河の民
みぞれふるさびしき昼に会ひにけり靴濡れゐたる重さと言はむ
みぞれふるはがねの橋の夜《よ》となりて貧しさも愛もわれにし降れば
合歓《ねむ》の花しだるる下に言葉絶えひぐらしは暗く声あはせたり

合歓の花しだるる下に

羊歯群れる茂みに伏して血を喀けるわれの無頼よ夏の入日
するすると樹を這ひあがる黄緑《わうりよく》の耳いち枚に樹樹は鳴るなり

新道

古国に抗《あらが》はむかなと生きながら別れを知るもふるくににして

くろぐろと朽ちたる門をとざしたり山火事は幾日《いくか》山につづきて　夜の甕

崖したに合歓《ねむ》の一枝のしだれをり夜すがらの風に門は扁《ひら》たき

谷底を日日にのぞきみる生業《なりはひ》の貧しさよみな鳥の眼をして

鍔《つば》広き少女の帽子かむる日に信濃の山羊の紙のごとしも　物象

塵埃車橋渡りくるうしろからためらひてひかる罪もあるなり

すぎゆきはなべてきらめく、塵埃車わが昏き神も積みゆきたり

冬の合唱

簷《のき》高く大き蜂の巣いだきつつ愚かしき愛冬の家ありき

うつうつと果樹園のなか歩みきて祝婚歌きこゆ冬のひかりに

立枯の樹をそのままに谿へだて過ぎゆく日日は華やぐに似つ

ハンガリヤ国境を行く写真なり思ほえば嬰兒・頭蓋・蜂の巣

亡命のごとくに激《たぎ》つ夜をかさね蜂の巣に捧ぐる冬の花あれ
青吉野とほき五月に料理せし山鳥の胃に茶の芽匂ひき
ひとしきりトラックの音過ぎしかば窓うつ風のそのしろき脛《はぎ》
ものを書く卑しき心かたちみす没落の朝のまるき蜂の巣
崖づたふ夜の電車にひとり酔ふ離れゆく都市はすでに崖《きりぎし》
合唱のごとくにふれる峡の星ふゆしろがねの橋をわたりて
白鳥座ひそかに飛べよ川ぎしの男が灯す夜《よ》の桜桃《さくらんぼ》

鶴

石仏に似し母をすてて何なさむ道せまく繁る狐の剃刀
晩夏光うなぎを売りに山住の乞食きたりぬ少年をつれ
竹串に刺されたるうなぎ並べゐる戸籍なき少年豊けし
億万年耳盲《し》ひしごと鈍重にたかはらに棲みて脂ぎりたる

埴輪の兵

ある夜ひそと盆地は海となりゆかむ絶えてきかざる相聞の夜に
かつてなき抽象のこころ高鳴りて野の真中《まなか》にぞ塔をたたしむ
セガンティニの花野に眠るかの少女《をとめ》夜となりてここに静かにめざむ
白き鶏《とり》夏草のなか走るさま眺めてゐたり古墳の村に
いまにしてかなしきまでにおどけたる埴輪の兵と野に会はむとす

オルフォイスの地方

オルフォイスの地方

樹を挽けるのこぎりの音かぎりなく潮《うしほ》は来たる父祖の村から
吹く風にセロのきこゆる空《くう》壜の硝子の村に牛立ちてゐる
さかな焼く農家の暮に山羊の額《ぬか》おごそかに映ゆる何の碑《いしぶみ》

またとなき砌とおもひ呼びかけるわが死者の弾く小さな楽器
泉より水汲みあぐる少女《をとめ》らの息づきあり　あかときの壺
ラジオよりセロ鳴り出づる夕暮の町より低き竹藪を過ぐ
死を積める春の隊商、蜂唸る野の草いきれ翳らせて行く
亡命のひづめの唄は草に伏し二上《ふたかみ》の背に朱の上衣を掛く

血の灼ける夏

崖の上《へ》にピアノをきかむ星の夜の羚羊《かもしか》は跳べリボンとなりて
戸口から母がはひると夏山はともに駈けこみ叙事詩をねだる
あけはなつ真夏の部屋に入《はひ》りくる甲虫も尾根もみな死者のもの
わが夏の青き滝ある血の高原放牧の馬も首を垂れるか
わが肩にピッケルをうち越えてゆく青年の夜はくらき崖もつ
あはあはと燃ゆる小石をひたしくる八月の夜は祖母のオルガン

しののめにむかつて走る縞馬に胎盤ほどの月など投げる

合歓の空溺死者のごと雲うかび淡き翳りにもひぐらしは啼く

時じくの潮《うしほ》のごとくかなかなの薄明の歌　比喩の終りに

みごもれる蟷螂《かまきり》ゆるく部屋に飛びわが背《せな》に青き夏山のトルソ

八月の夜空をわたる鳥のためノートをとぢよ告白をせず

この夏の茶を炒《い》る母の夜よるに月虧《か》けてゆく神話を抱《いだ》き

魚・発光

夜のしろき満開の花をめぐりてはしづかにありきわが黒き月

みもしらぬベッドはここに横たはり硝子戸にさくら真夜《まよ》発光す

湿りたる木橋を渡らむとせしときの孵化期のわれに花吹雪せり

あかときに舟入りてくる死者唄ふわかわかし脛《はぎ》の睡る入江に

大きビルディング廻《めぐ》りきて膿《うみ》のごときか出口に吸はれゆくガーゼの思ひ

ガーゼの思ひ

その日から腐蝕する掌《て》よ風景をためる翼空に放たむ

夜《あ》明《け》近く息するごとく来し雨に枕辺のライターひとり匂へる

陽の照れる遠き森より人ひとり歩みてゆきき古き出《で》会《あひ》の絵　歩みて行きき

一村の硝子いつせいにきらめきて野にくらみけりわれの翼よ

舌・睫毛・唾液

食残すジャムのすこしも血となりて快《け》楽《らく》の冬に帰り来しかな

夕空に見あぐる梯子いづこより季節は冬の荒き貌彫る

悔すらも群青《ウルトラマリン》とほきわが木樵の血しぼる鶫《つぐみ》くる森

秋の日の砂地にたてばセロひとつ埋めしごとく砂は走りぬ

貌の中に尖れる屋根の家ありてわが野ざらしの灯はまたたける

ある夕は山をつたひてくる電車野苺のごとしつかのまの罪

霧の橋わたりくるとき粧ひしか永遠といふ冬の睫毛を

叫ぶ

空にきく雲雀の声よわが額《ぬか》に千の巣を編む翔ぶもののこゑ

死骸《なきがら》を曳く蟻のため落蟬は夏熾んなるこずゑを選ぶ

刀のごとく夜空に上る噴泉は快楽《けらく》に匂ふ首しめらせよ

敵意あるごとくきこゆるピアノあり夕映の高き岩のなかから

夏の夜の涸れゆく沢に急《せ》かれつつ石の階下りるわが青年期

音のなき夜の稲光われの手を切り足を切り薄き耳を切り

巨大なる頭が一つ転がれる地平線あり　叫ぶ胴体《トルソ》

娶らざりき。夜の稲妻の遠ざかり水銀計はひそかに立てる

汲みあげる真昼の井戸の滑車鳴り道行くわれの夏の　紅《くれなゐ》

翳もちて岩に来る鳥そのままに嵌められしかば限りなく翔ぶ

岩のなかに笑へる少女《をとめ》みづみづしその舌をもてわれを知りし者

野の仏みな母に似るどこまでもわれ許されず甘き没落
窪地にて笑ふきのこら蹠《あなうら》も痒くなりたり予言もせぬに

水は病みにき

河に来るわれらの終りはじまりの緑の河は水に翳り
河に投げるレモンの禊《みそぎ》そのかみの死の纜《ともづな》も捲毛の渦も
褐色の鉄橋をわたり汽車往けりどの窓も淡く河を感じて
愚かしく舟曳くロープさかのぼり男は河の幻を繰る
橋上に俯向く人も春の日も死を病めるなり山鳩の歌
行きゆきて青葉に染まる死者ひとり果物の空罐《かん》棄てに来る河
橋わたり対岸に行く霊柩車甲虫のごとく昼をかがやく
水澄みて雨期に近づく一匹の羊は青く銀杏に翳る
河幅に飛び交ふ螢幾千の灯《とも》せる性を夜は投げるも

河ぎしの夜の息づき灯しつつ螢は青き死のさかな釣る

息苦し光の瀑布《たぎ》の真昼間を性のかなしみ朴の花匂ふ

河流れ山羊の骸《むくろ》も流れたりみなかみにして水は病みにき

一匹の蛇吊し去る鳶の色つややけき夏は何処《いづこ》を往かむ　蛇

頂きの岩よりきこゆる反響《こだま》あり戦はぬもの暁に去れ　反響

岩をつたふ黄色の水も沢蟹もなにに急げる夏は稚《わか》きに

首きられなほ歩かむとする胴の脂《あぶら》のごとし思想のひとつ

火の鳥

森の出口にもう人のゐない鍛冶屋の跡がある。村はそのむかうにあつた。

森過ぎて来《こ》し旅人の蒼白を朝《あした》の鋼鉄《はがね》打ちて迎ふる

森の前に斧鍬鎌の相寄れるいかなる者の処刑《しおき》にかあらむ

死者の斧夜に打ちしかばあかときの爐に羽ばたきぬ火の鳥一羽

いつさんに刃物をもちて走りける樹木の部屋にわれは怖し
帰郷者のわれならなくに鉄の音もののもたぬわれを許すその音
夜のまに磨かれてある鋤ひとつわれの帰郷を裁くにあらず
けだものの行きし道あり万緑の掟のごとく刃物をもたず
いくたびか戸口の外に佇つものを樹と呼びてをり犯すことなき　犯すことなき
夜の厚き閉せる扉《ドア》を叩きゐる植物のごときわが手を見けり

鳥　祭　　遠い二人称世界の森よ

あかときに山鳩来鳴く茜さすひそけき首をわれ挽きはじむ
丁丁と樹を伐る昼にたかぶりて森にかへれる木霊《こだま》のひとつ
森出でて町に入りゆくしばらくは縞目の青く身に消えのこり
むかしから叫びつづけるこの岩の無罪を思ひ鰭《ひれ》は沈めり
坂にある石屋の友が磨きゐる墓石《いし》の粧ひよ死ぬまで削れ

つながれし縄の限りの草を喰む一日の山羊をどこに帰さむ
死ののちもかの老人は尾根行けり頬かむりして向うに越ゆる
夜の綱梁より垂るるむささびは屋根の上にてわれを呼ぶなり
傍を過ぎゆくときに倒れざる喬木の相次ぎて倒るる響
樹木みな伐りつくされて森ありき忘却も久し木樵の唄も

交霊時間

もう村の叫びを誰もきかうとしないから村は沈黙した。わたしの叫びの意味を答へてはくれぬ。人はふたたび、村の向う側から、死者のやうに歩いてこなければならない。芳ばしい汗と、世界の問をもつて――

夕闇にまぎれて村に近づけば盗賊のごとくわれは華やぐ
歩みつつ言葉はありきわが刈らむ麦の穂の闇に鋭し

帰るとは幻ならむ麦の香の熟るる谷間にいくたびか問ふ

近寄れば村より暗しいちにんの未来なりけり土に直立《すぐだ》つ

帰るとはつひの処刑《しおき》か谷間より湧きくる螢いくつ数へし

暗道《くらみち》のわれの歩みにまつはれる螢ありわれはいかなる河か

溯るはがねの鰭《ひれ》の幾百は激《たぎ》ちにをどりわれを責むるも

掌につつみ掌の灯《とも》りたる愛《かな》しみも麦生《むぎふ》の村の青き殺意

崖づたふ電車に忘れ来《こ》しものの青き藻のごと夜の駅を過ぐ

すでに無人の水槽となり電車行く工作者われにガラスの凱歌

ぬばたまの夜の村あり高みにて釘を打つ音谷間に聴けり

夜のまにいくほど落ちる村ならむミロの「農場」を恋へり、斜面にて

さりながら昨日の村は亡びしとブルドーザーのあと走る土龍《むぐら》

麦を刈るわれを訪《おとな》ひ帰りたる朱鷺《とき》色の舌ありき伝説ならむ

嘆かへば鉾立つ杉の蒼々と炎《ほむら》をなしき、死者は稚し
井戸澄める真昼の庭をひめやかに来にける悔も土に這ふ夏
水分《みくまり》にわれの墓あれ　村七つ、七つの音の相寄る処
金色《きん》の魚過《よ》ぎれる暁《あけ》の林みゆ凄じきかな樹樹の萌ゆるは

候鳥記　帰ってくるのではない。つぐみは存在を移すのみ——

踏みしだくふかきこの昼血を噴ける樹木の空につぐみ鳥来る
昼と夜の境を行けば時じくのかなしみならむ老いたる家は
山朱きわが飢餓の辺《へ》に群なすと鳥祭せり供物《くもつ》知らゆな
青銅の陽を転ばせて片岡は鶫のわたる冬ならむとす
過ぎゆきも未来もなけれ翔べるのみ口あけて海いつまで続く
歩み来て村と叫べば彫無しの貌かなしけれ、何孕む帆ぞ
壜に写るいびつの顔のつぶやけるただ一語のみ　都市こそ幻影

見もしらぬ貌もつ岩にしんしんと陽は溶けやまず死者たちの村
青銅の森たちまちに紅葉《もみぢ》せりいかなる飢ゑぞ鳥一羽出づ
群なして呼びかふ夕べ昏れのこるわがひとつ身は果樹園のなか
霜柱土にきらめき踏みゆけばしたしき冬ぞわれは放たる
艶めきて冬の筏は流れゆく望郷の歌ふたたびあるな
銀《しろがね》の鋸の挽く夢なれとつぐみの森に雪はふり来つ
まかがやく午睡の村を過ぎゆける郵便夫のみ罪あるごとく　　鴉
農夫より気高き鴉見据ゑつつ逆光のなか歩まむとせり

交　霊

すでに朱の朝の戸口を塞ぎをる誰がししむらぞ青葉翳りて
草喰めるやさしき首を神もたぬわが護符として青き鬣《たてがみ》
つくづくとわれをみつむる老婆なり首無しの仏つくりし人か

青空を手繰る矢車目ざむれば緑色はとほき神隠しなれ
鯉幟はためく村よ死なしめてかごめかごめをするにあらずや
耳朶に触る、夜のみなかみの声すなり翡翠《かはせみ》ひそむ髪にあらずや
あかときを怖るる砂に砂こぼれ夜光時計の針をしたたる
抱かねば石斧《せきふ》となりし朝の手の静脈のみどり床にしみるも
くすぐられ叫ぶに似たり蛞蝓《なめくぢ》はわが現身《うつしみ》のいづこを歩む
空に棲めぬ鳥に分たむししむらも篠突く雨の青葉となれり

SONNET　婚

夜すがらの村をめぐりて風わたる幻の一つもあらぬ村を
相寄りて知る罪ありき血の落暉《らくき》窓に在りしが雪ふりしきる
雪の尾根越えゆく人の遅遅として伝説ひとつ妻にし告ぐる
山下り平野にかへる妻ありて道祖神《くなど》の丘に霰過ぎゆく

如何にしてふたりの時を遡り少年の雪掌《て》に受くべしや

ここにして言葉は絶ゆと婚姻の雪ふりしきれ　雪ふりしきれ

灯のしたにさかなの骨を撰《よ》ることも禁慾に似て四月となれり　四月となれり

見あぐれば春の山焼く渓谷に梢を折りて箸を作らむ

薄明論

甘藍の球なす畠続きをり貧しきものに形象はあれ

血の渇きもたざる死者のゆさゆさと樹を揺さぶれりわが苦しみに

猫背して村行くわれにひそひそと村びとは匿す壺の如きを

湧きあがる読経の夜はかたはらに首無しの仏歩ましめたり

春の日のごろごろ廻る石臼を滾るる雪は間《ま》なくぞ降らむ

山人考

紅葉を急げる晩夏ひそかなる山の走井《はしりゐ》岩に湧き出づ

流木を集めて朝の焚火せり村ひとつ創《つく》る心せつなし

魂の流《る》刑《けい》と知ればおのづから雄々しき角《つの》に落暉を飾り

天窓の硝子に映りあはあはと未生《みしやう》の昼は息づきてをり

くしけづる髪より出づる蜜蜂を夜明くる村に翔ばしむる妻

わが腕を妻捥《も》ぎて行く朝あさの紅葉なりき硝子に炎ゆる　伝承

紅葉の照り映ゆる道をかへりこし妻きらめきてはや狐狸の友

変　身

樹木から樹木に移り肺のごと息づきてをり冬の時計は

斑《ふ》をなせる木原の雪に灯りたる雪の上の繭、雪の上の性

村よりも杳き旅人みなぎらふひかりのなかを山繭は来《こ》し

岩の上に時計を忘れ来し日より暗緑のその森を怖る

繭のなかみどりの鬼が棲むならむ透きとほる糸かぎりもあらぬ

靈異記《りやういき》

抄　一六三首

罪打ちゐたれ

ものみなは

水底に赤岩敷ける恋ほしめば丹生川上《にふかはかみ》に注ぎゆく水
ものみなはわれより遠しみなそこに岩炎ゆる見ゆ雪の来るまへ
谷くらく蜩蟬《かなかな》さやぐ、少年の掌《て》にあやめたる黄金《きん》のかなかな
杉山にわれを襲はむ黄緑のひだる神こそ少年の渦毛《うづ》
木地師らのかよひし木の間木隠れの嘘かがよひて秋の水湧く
一握の米撒く蟬よ放たれて越えゆく峠《たわ》に汝《なれ》を見ざりき

山林抖擻

木斛《もくこく》の冬の葉むらに身を隠れわが縄文の泪垂り来る
艶めきて椿の谷を冬わたるこの負債者に沼凍るなり
夜となりて雪来たるべしうつし身は竹群の上に笙《しやう》のごとくゐる

この父が鬼にかへらむ峠まで落暉《らくき》の坂を背負はれてゆけ

思ひきり恥ぢむとしけりけだものの尾はゆるゆると目交を過ぐ

形代かげる

恋ほしめば欅《けやき》のこずゑはつはつに黄みどりを噴く空もかへり来《く》

朴《ほほ》の花たかだかと咲くまひるまをみなかみにさびし高見《たかみ》の山は

高見山わが国境《くなさか》の空に澄み罪青かりき子守《こもり》くだりて

丹生《にふ》川上の除夜の篝火《かがり》ゆはなれきて暗闇の河に沿ひて歩める

雪木魂

枝細き檜原《ひはら》に入りて聴きゐたり死者みなわかく梢《うれ》にふる雪

昼の星さやげる谿をのぼりくる童子を呼べば雪木魂《ゆきこだま》たつ

罪打ちゐたれ

さくら咲くその花影の水に研ぐ夢やはらかし朝《あした》の斧は

血縁《けちえん》のふるき斧研ぐ朝朝のさくらのしたに死者も競へり

奥山の岩うつことばたまひたる金山彦命《かなやまびこ》のこの夕桜
樹木みなある日はゆらぐ行きゆきて乞食《こつじき》の掌に花盛られけり
石打ちてよたかは鳴きき水の上《へ》に菖蒲を打ちて宵やみぞ来《こ》し
夜ごもりにわが谷出でて漂へる螢を呼べばつゆふくむかな
曇り日の神話の梢《うれ》をわたりゆくしろき蝸牛にわれはたたずむ
かぎりなく螢の湧けるわが谷に眠れるものぞ白馬ならむ
吐き棄つる種《たね》つややけき枇杷食めば夕やみの死者ら樹を揺さぶれり
帰郷者のあしたを襲ふ雷鳴りて草木稚《をさな》くもの言はずけり
わが谷の礫《れき》打ちあはせ鳴くよたかつゆふくむ夜に村は狩られむ
あしびきの山の泉にしづめたる白桃《しらもも》を守れば人遠みかも

死者は泪もたねば

青梅をとる夕あかりともしめば父の夏　籠にむせびつ

草の上にねむれる蹠《あうら》、梯子より見おろしてをりたそがれの父
死者よりもおくれて聴けば蟬のこゑ青杉の秀を噴き出づるなれ
セロ弾きのゴーシュの話子にすれば子は睡るなり父を置きてぞ

麦一粒

花火する夜《よ》の村ありき爆《は》ぜてゆく短かきひかり歯はこぼるなり
直立てる樹は何の喩ぞ、母のうつ砧《きぬた》はとほき野の涯の夜
朝日さす丹生《にふ》の檜山に斧入るるさびしきこころ誰に告ぐべきか
頂きに航海の神鎮まりて夜中《よなか》といへる村たそがるる
稲の穂のはらむかなしみ音もなく稲びかりする川魚《さかな》焼く夜
かぎりなく拒みてたてる垂直の音響にしてわれはひそけし
労働のさやけさならむおぎろなき頭蓋の上を驟雨走りぬ
木地師らの住みしひと村、かぐはしき麦一粒は陰《ほと》より生えき

歳晩

ゆく年の日をかがなべて冬至より流人の髭の蒼くのびゆく
声高《こわだか》に檜の林わたりくる茜の死者も雪雲のなか
山繭の蠶を部屋に目守りつつ食まれゆく青葉夜のくだちに　絵馬の馬
檜の山にたゆたふ夜の白雲に乞食《こつじき》となりてわれはたたずむ

谷行

狼

杉わけてあしたのやみを歩みくる旅人の貌《かほ》知れる者なし
山道に人形《ひとがた》ひとつありしこと言はざりし日の昔おもほゆ
うらわかき檜の山に目瞑《めつむ》りて死者にたはぶるるかくれ泉聴く
木隠《こがく》れのわれの歩みに随《つ》きてくる木がくれの鋭《と》き思想なりにし

杉山に朝日差しそめ蟬のこゑかなしみの暈《かさ》を湧き出づるなり

冬　市

首たてて風なかにきく山原の風の述志かわれの鳥住《とりすみ》
青山に来る冬はやしをさな児のあやふき歩み目守りゐたれば
冬市にわれあがなへる鬼の面山原の風に付けて真向ふ
やはらかき檜原《ひはら》の梢雪ふりて人匂ふなり焚火のほむら　雪ある木の間
消えのこる木原の雪に額《ぬか》押して息づくわれは二人子《ふたりご》の父

死者の幾何学

杉山に入りきておもふ半獣のしづけさありて二十年経る
をみなへし石に供ふる、石炎ゆるたむけの神に秋立てるはや
おお！　かなかな　非在の歌よ、草むらに沈める斧も昨夜《きぞ》の反響
花折《はなをり》のわれは旅人　頂きのかなたはつねに奈落なりにし

むらさきのうづ巻く谷をへだつればさらばへし餓鬼の一人と言はむ
しんしんと青き傾斜《なぞへ》に陽は差して谷行《たにかう》といふ亡びもあらむ

谷行

むらさきに熟るるひそけさわが太刀の撓《しな》へる空ゆ紅葉《もみぢ》いそげる
若かりし永き不在を法師蟬鳴きしづまれり樹のはらむとき
かりがねは澄みてわたりぬ二十年《はたとせ》のわが谷行《たにかう》の終りを告ぐる
屋根のあるくらきこの橋象河《きさがは》にひそかにかかり人をわたしぬ
竹群の竹伐るわれの奢《おご》りなれ秋のむなしさ身ぬちに鳴りて
太刀置きてゆきし男具那《をぐな》や思ほえば山の氷雨にわれはうたれき

甕

徒渉《かちわた》る水のあしたよ流れ来る榧《かや》の青実に罪あらたなる
空わたる鳥は知るなれ山原のかそけき迫《さこ》に利鎌棄て置く

窓しらむまで戻り来たらぬむささびに樹よりの刺客見らるるなけむ
倒れゆく檜の木の梢たまゆらの傾むく空を息づき目守る
霧湧ける山の夜よる子の花火夏の終りの谷にむかひて
山にむかひ言葉をかへす道すがらわがむらぎもに蟬しみとほる

青山のふかき狭間に

死者よりも遅れて峠越えくれば陸軍歩兵上等兵の墓
東方に紅《くれなゐ》ありやしののめに艪《ろ》を漕ぎてゐる白きししむら
罪ひとつ乞はむとすれば手に触るる木彫りの椀を溢れむとする
晩年はをさなごとなり母とゐる気狂ひし髭《ひげ》あるニーチェ
岩にくる夏のこだまを聴き居たり黒き檜原《ひはら》をしづめむとして
青山のふかき狭間《はざま》に米作る村ありたりと誰に告ぐべき

くらきまなこを

青山に虹はかかりぬ静けさを目守りてをればなべて過ぎにき
かなかなの潮に沈める居館《やかた》にてさまよへる手の翳こそ移れ
傾ける未完の塔のかたはらに眠れる蹠《あうら》たそがれゆくも

異　形

青きもの売りし夕べぞほととぎす幼子のねむる空に来鳴ける
わが窓に集まりてくる蛾の群れと硝子をへだて夜に見る夢
月の出の明るき斜面谷へだて山の際《ま》のやみに石をうつ鳥
狂ふべきときに狂はず過ぎたりとふりかへりざま夏花揺るる
昂然と夜の部屋に来る鍬形《くはがた》虫のつやつやしけれその異物感
購《あがな》ひて山に帰れば玩具すら異形をもちてわれを責むるも

前鬼後鬼

海阪《うなさか》をくる舟待てばおのづから目にみえてくるかなしみならむ
島影の夜のくだちに漕ぎ出づる悔しきものをとどめがたしも
葛城の一語の神よいざさらば合歓の一枝を垂れさせ給へ
立てるまま若木の杉の皮を剝ぐ息づく時もかくて過ぎけり

磷　磷

枝と枝かすかに交はす檜木原《ひのきはら》雪来るまへの空炎ゆるかな
鈴つけて山道を行く鳴り出づるひそけき環《わ》にて死者とへだたる
昼くらき杉の木群《こむら》に磷磷《りんりん》と鈴鳴らしゆく飢渇者われは
簷《のき》ふかき夜の厩に近ければかすかに星を蹴る音冴ゆる
しづもれる丹生の檜山に罵りて斧とりゐたれ悔なるかなや
枯山《からやま》に地図をひろげてゐたりけりわれよりも小さき神は出で来《こ》よ
椀もちて越えゆくこころ青さびて幹すなほなる杉山の間《ま》に

朝鳥の声あふれたりひもじさは天《あめ》の花火ぞ霰過ぎける
うつし身の人澄みゆけり消えのこる斑雪《はだれ》を口にふふみてぞ行く
ふりしきる雪の木の間にわれのする焚火のほむら人見つらむか
雪の日は椀彫りて過ぐ膝の上《へ》にこぼれる木屑昏れはじめけり
天窓の硝子に降れる雪聴きて恋ほしめばはや量《かさ》をなす黒
文明の快楽《けらく》に遠く栖みふりて人形《ひとがた》ならね雪の上に臥す
山の際《ま》の鈍き曇りに火を焚ける行暮《ゆきぐれ》びとや雪代《ゆきしろ》の渓
稲架《いなはさ》となしける古き架け松の枝張りてをり冬の旅人

喝食

萩ひとむらに

胸分《むなわ》くる萩ひとむらに嘆かへば幽《かく》れしわれに沁むひたごころ

井光の水

いちめんに椿の花の散り敷ける湧井に来つれ花を掃かむと
黙すれば兇器のごとしそのかみの井光《ゐひか》の水の澄みとほりたる

幽　祭

大和の磯城・高市郡の宮座の多くには、秋祭に吉野川の水と小石を、頭屋の人が峠を越えてとりにくる、古代的な風習がある。熊野の潮が湧くと伝承される妹山大名持神社の前の流れを潮ケ淵といつて、そこへやつてくる。大汝詣といふ。陰暦八月二十八日が多い。

木の間より五百羅漢の続きくるおぎろなきかも虹かかるべし
人のする苦しみのそとまなかひに鹿路《ろくろ》へ貫くる隧道の穴
沢蟹の眼はひかりつつくさむらの水潜《かづ》きけり多武峯《たむ》の山陰《やまほと》
みなぎらふひかりの滝《たぎ》にうたれをるみそぎの死者は梢《うれ》わたるかな
われはつぶて、尾花の原のはたてより抛りしものぞあらはれざらむ
夜くだちの石に沁み入る田の神に血縁の貌をおもひみるなる

礫

大台ケ原山の西の谷、逆峠附近には原生林がのこされてゐる。そこを流れる山上の川は、遠い不思議な時間を覗かせた。原初のままの植物のかたはらでは、汗噴く現身もいぢらしい小さな生物であつた。間近くに唸る鋸のモーターの音に怯えつつ、大峯の連嶺を真向ひにして、北山郷へ炎暑の急坂をくだつた。一九六八年七月二十二日。

たかはらに礫《れき》敷きつめて川ありき姫娑羅《ひめしやら》の花夏散りしける
山上の林をゆける夏の水すくひてぞみる男なげきて
夕ぐれのわれの梢にかへりくるひかりをもたぬ天《あめ》のつぶては
罪乞はば
激《たぎ》つ瀬に菖蒲を打ちて罪乞はばみなかみ蒼くすでに夜の水

金剛蔵王権現

年越しの権現の火をいただきて谷くらき道を黙してぞ行く
山巓の盤石《いは》とよもして怒りける蔵王権現われは恋ほしむ
蔵王堂の大屋根見上ぐ、山びとの楽《がく》ふりてくる夜《よ》の庭なれば

わが谷暗し

酒やめむことを思へば新年《にひどし》の夜の頭蓋に雪けむり立つ

箸清く睦月の山に食《た》うぶれば紅きはららご昼羞《やさ》しけれ

山顚に兜を埋むるこころかも雪山に没《い》るわが落暉かも

かすかなる響《とよ》みをのこし簷《のき》出づる鼯鼠《むささび》を思《も》へばわが谷暗し

世の常のくらしのそとに生き継ぎて斧研ぐべしやさくら咲く日に

吉野の杉

樹のなかを人はかよひきその貌のひとつだになき静けさを来つ

青透きてわがゆく朝ぞ草の上に幼子《をさなご》の星泛び来つらむ

雪折れの杉山ゆけば杉の木は幾千の蠟燭となりて立ちける

直《すぐ》なればわれは悼まむ雪折れの戦後の杉の夭折を見よ

石ひとつ置きてかぎりぬそこ越ゆる少年の息萌えて走りき

霧はしる杉の木原に言問へば天地《あめつち》の涯に首を垂れたり

暁《あけ》の蟬檜《ひ》の木の幹に鳴き出づるたまゆらやさし枝と思へり　蟬

白桃の熟るる村なり真夏《なつ》の夜のしろき木箱に釘うたれしか

ここ過ぎて

朝越《あさごえ》のわれをいざなふ鳥なれば浅葱《あさぎ》の空につばさは鳴るも

むらがれる氷の花のしたをゆく走井の水よ生きむとぞ言ふ

死を生くる一樹の傍《わき》を過ぐるとき否定者の斧ひらめかざらむ

樹樹くらく朝のみどりをかこへれば冬の銀貨は道に光れり

雪道に尿《ゆまり》をなせばほのぼのと血縁のこころ土よりきたる

一ふさの乳房に唇《くち》をつけてねる母子像をへだて読む流刑記

いくたびかけだものの身と変へられきかのむらさきの森に吠えにき

ひつそりと水の面《おもて》の凍《こほ》れるをたしかめてわれは家に戻り来

首湿りつつ

湧きあがる蜩蟬《かなかな》の潮昼と夜のさかひに思へば家もただよふ

みどりごと榧《かや》の青実を仰ぎゐしゆゑ知らぬ罪も夏かがよへる

時じくに雪ふる国や吉野なるその一人だに飢ゑの耀《かがよ》へ　その一人だに

玉依姫しづまり給ふ水分のやしろにありて遠稲光り　丹塗矢

嘆かへば嬰児《あかご》の襦袢《じゆばん》ひつそりと積まれてゐたり花ちかき日に

冬の岬漕ぎたむ舟にくだちゆくぶあつき闇に貌つつまれぬ　潮ノ岬にて

喝食

乞食《こつじき》のたらへるときを嘆かへば枝差しのべて言葉正せる

わが貧《ひん》を啼く蟬ありき雪の上に飛行《ひぎやう》の業もはかなかりしか

七草の日の夕茜雪の上《へ》に掬へる指も机にかへる

七草の粥食《た》うべつつ死者とする苦しき和解引窓《まど》に雪ふる

花なべて木末《うれ》にかへさむ紫の斑雪《はだれ》の山を人は焼くなり
国原はふもとにかすみ冬の蟬さくらの幹にひそと放つも
ひろがりて海に近づく夜《よ》の河の白き光りを夜半思ひ出づ
国栖びとの手漉きの紙に額伏して春あけぼのの机にねむる
春の曇り引窓の玻璃に動くなく過去世のさくら遠山に咲く
山上にわれを置きてぞ人ら去る仕置のごとし樹に花咲けば
午《ひる》の鳥わが引窓《まど》の上過ぎゆける短き時刻《とき》は部屋に漂ふ
水分《みくまり》の貌ほのぐらし花のうへにひかりは崩れ黒き月立つ
檜の山の枝差し交はす高みよりくるひかりあり素志たがはざれ

縄文紀《じょうもんき》

抄　二一六首

鬼市

白き花

紀の海にさかなを欲りて吉野より河づたひ来《こ》し喝食《かつしき》のこと
かへるべき村はいづくぞ木がくれの辛夷に問はば山焼くけむり
ふくしもよ。われの叛《そむ》ける地《つち》のへに四月の雪は沁みてふるなり
遣《や》らはれしとほき心よ忍ぶれば花しろき空鳥はあそべる
朽ちのこるひじりの舌はひるがへり経誦《ず》しやまずきりぎしの上
山の樹に白き花咲きをみなごの生まれ来につる、ほとぞかなしき
花群《はなむら》にもろごゑひそみ呼ばふれば子もちの鬼とわれはなりしか
鬼一人つくりて村は春の日を涎のごとく睦まじきかな
叛きたる村に棲まへど朝あさを出でゆく童子春風まとふ
転身をわれは思はず、立枯るる杉の木朱《あか》くほむらなすさま

口ひびく山の木の実にいきほひて日常の国原《くに》撃ちにけるかも

禽獣界

鳥けものくらしのうちに照りかげり村ありしかも山の狭間に
刺客らもいまはねむらむ湧井より涌く水思ひてあかときをゐる
寒の水あかとき飲みてねむりけりとほき湧井の椿咲けるや
猟夫《さつを》どもわが冬の日のくれなゐを追ひつむるなり雪嶺の果て
あられればしりくらき夜空を踏みゆけり国思ふこころ棄てはてたるや
捨て行かば青杉の秀《ほ》を噴き出づる狂へぬ鳥のこゑぞのこれる
春立ちし日よりかがなべ木の間よりかなしみ来たる花はひらくと
山の雪日に日に消えて科負《とがお》ひの人行きにけり禽獣界を
えらびたる淋しき山のあけぐれに雪折れの杉の青き秀《ほ》も踏む
幾千の青杉の秀《ほ》の谷のぞみうつしみふかく虧《か》けゐたるかも

山の雪にふりそそぐ雨やはらかくまぼろしを擲つ笞《しもと》なす枝
御火焼《みひたき》の翁ならねど山にくる他界の夜につつまれて寝る
行きまがふけだものとわれひかりもち樹下《こした》の雪に蒼く灯《とも》りつ
枝打ちし杉檜《すぎひ》の幹にいくとせか消えざりし斑《ふ》をせみと呼ぶなり
通草《あけび》のわたさぐれる舌のしびるるも弓なりの空われを放たぬ
わが負へる谷間の空のかろやかに澄みゆくはては青き木枯

青き木枯

伝承

照りこもる冬の葉むらよ書かれざる暗殺史もちて村過ぎゆかむ
雪の上《へ》の朝のひかりに仕留めたる雄々しき角もくらき伝承
おぎろなき村のはじめを語るなく水底の斧をわれは砥ぎけり
寒蟬《かんせん》の遠啼く暁《あけ》よみごもりを昨夜《きぞ》言ひにけるはるけく思ふ
紡ぎゆく山繭の夜はひとすぢに黄緑を吐く償ひのごと

暁の寒蟬のこゑ檜山よりきこゆるときに遊行のひかり
青杉の谷間の空を歩みゆくこのししむらに木魂をかへせ　このししむらに
みんなみの大峰の空にまばたける南極寿老星よ、われのいのちよ

雁の死

恍惚とくれなゐの葉を落しゐるさくらを伐ればかりがね渡る
権力はここにおよばずむらがれる通草《あけび》の種の熟るるひそけさ
草焼けば短きほむら走りゆく、欲望のなかくろき海きつ
雁の死を見とどけむとし幾千の青杉の秀《ほ》を踏みて来れる
夕星《ゆふづつ》のひかりは増さめ秋山の紅葉を焚きて雁のひとつら
かへるべき朝《あした》はありて黄の繭に見しものの涯ゆ雪ふりはじむ　冬の雅歌

菜の花

ひと冬はつばきと梅の枝を焚き色身いたく燻さるるかな

山巓の夏の巌《いはほ》をさやぎたる錫杖たてり立春の土間に
自らの復活を恋ひ、雪ふれる錬金の爐炎ゆ　たたらひそけく
一茎の菜の花たちて天も地もしろく曇りき童蒙の日は

鬼　市

鋸と鋏をもちて果樹園の浅葱《あさぎ》の空に手をさしのぶる
磷磷《りんりん》と水は行くべし鳥けもの歩める境冬の岩臥す
冬晴の谷間を渡る斧古く椿の葉むら夜のごとく照る
洞《うろ》もてる古木《ふるき》の椿くれなゐの花落しけり晩年は見ゆ
向う山たちまち夜の山となり雪ふる闇に弥勒恋ほしむ
山住みの夢幻に居ればうち寄する青きなだりに辛夷花咲く
童蒙のくらきこころをかへり行くボートは白く一枚の沖
暮れてゆく春の山くだる父と子を樹樹らはうたふ伝承として

をみなごのけぶる春の日花守れば天狗倒しの響みぞきこゆ

山に照る冬のひかりの渦巻けば刃物を持ちて果樹園に来つ

山のまぼろし

木がくれの木地小屋の跡過ぐるとき菊咲き群るる山のまぼろし

花近し

ゆるやかに檜山《ひやま》のなだりつたひくる夕やみの隅《くま》たれか歌へる

ひたすらにいま在る時をあがなへと歌ひ出づ夜の森から

日もすがら花守《も》るごとく淋しかり妻問ひの神荒荒しきを

運命に実るものあれぬばたまの山の夜《よ》に咲く花群《はなむら》も見き

ひそかなる快楽《けらく》を思《も》へど青杉の秀は昏れてゆき死者は憩はず

黄緑《わうりよく》の空静けくてこともなく別れし昼をうぐひすは啼く

行きゆきて血はくらきかも青杉に四月の雪の降りつつぞ消ゆ

人間の資格をここに投げ捨てむ青水沫《あをみなわ》しぶく血の高原《たかはら》に

草莽《さうまう》とわれは言ひつも山畑にをのこ子ふたり女童《めわらは》を守る
鶯宿《あうしゆく》の花ほのじろく青みもつ春の勾配に昼の星見ゆ
風のごと鶸過ぎゆけり檜木原《ひのきはら》しろき柩を置ける静けさ
春山を尾根づたひ行きわが修羅のなだるる左右《さう》に谷間けぶれる
さくら咲く青き夕べとなりにけり少年かへる道ほの白く
白く曇る花野を行きき来《こ》し方に樹の倒れゆく響《とよ》みきこゆる
あけぼのに春の雪ふる血はくらし花くらしとぞ山鳩は啼く

輪廻の秋

森かよふ道ほのぐらし　秋ふかく不動明王くち炎ゆるなり

I　星はこぶわれ

焼畑は遠くさびしき、山の額くろぐろとして秋の痣映ゆ
梢《うれ》ふかき鳥の羽ぶきよ生くる日の参詣曼陀羅つひにかなしき
山畑に火を焚く人の顔暮れて鱗雲のしたわれは過ぎゆく

うろこ雲天《そら》いちめんに炎ゆるなり森の家族《うから》に星はこぶわれ
縄文紀の夕やみわたる　梢《うれ》さやぎ言葉ぞさやぎ猿の群渡る
森ふかき睡りののちに月出でて梢《うれ》けぶれるか花むらのごとく
簷出でて山の夜に入るむささびを見守るわれの闇は深しも

II　女犯のうた

三人子《みたりご》はときのま黙し山畑に地蔵となりて並びゐるかも
人間のみな滅ぶ日を鳴き出づる蟋蟀はくらき山の斜面に
ゆふまぐれ喬き梢に帰り来る汚名の数も黒く華やぐ

III　咎打つこだま

歌之既訖、則打レ口以仰咲。『日本書紀』

国栖翁天を仰ぎて口唇《くち》撃てるわざをぎ思ふ巌《いは》に憩へば
紅葉《こうえふ》の樹樹伐《こ》りてゐつ鮮《あざら》けし悔の曼陀羅汗噴き出づる
幾千の青杉の秀の揺れうごく斜面《なだり》に向ひ時過ぎゆかむ
樹を伐《こ》れば谺ひびかふ色身の咎打つこだま聞かざらめやも

曇しづめる

青人草

朝朝に金《かね》の御嶽《みたけ》を拝《をろが》みて破財の相を美しくせむ
鳥獣虫魚のことばきこゆる真夜なれば青人草と呼びてさびしき
わがうたふ森の家族《うから》のひもじくば木の間を行きて火のごとく鳴け

生尾

I　まだ昏れゆかぬしろき夕べに

岩となる山の静けさ、顔のうへ伝へる雫見ることもなし
鬼の子はいまか哭くらむ樹樹の秀《ほ》のまだ昏れゆかぬしろき夕べに
麒麟鳴く春の夕べを帰りきて八《や》握髭《つかひげ》しろき悲しみにゐる

II　山が鳴る幾夜はありて

まなかひに花の絮《わた》飛びまつくらな昼の花野を見ずか過ぎなむ

山くだり国原行きし祖《おや》たちの形見のごとし雉鳴ける靄
山が鳴る幾夜はありて向つ尾根人下《お》りてくる霧踏みにつつ
ひるがへる若葉のなだり目に見えぬひだるの神は炎《ほむら》のごとし
透きとほる飢ゑありしかな嫩き葉のひかりは満つる虚空翳せば
目《め》眩《くる》めく真昼の闇を知る者ら樹に呟やけりひだるの神と
国栖・井《ゐ》光《ひか》滅びしのちもときじくの雪ふりやまず耳我嶺《みみがのみね》に
山霧の昨夜の砦は崩れゆきゆるやかにいま髭剃りてゐる
殺されし女神のほとに還りゆく麦一粒《いちりふ》を指にほぐせり
あはれ劫初の乳房は熟れよ麦の穂のすくすく立ちて芒《のぎ》けぶる空
いまだ見ぬ夢あらばあれ黒南風《くろはえ》の夜をかがなべて山繭青し

III　問はずや過ぎむ

恋ほしめば古国《ふるくに》ありき万緑のひかりを聚《あつ》めふくろふ睡る

喪失の明るさもあれふくろふの真夜鳴く森に祖《おや》とはなるな

響《とよも》して若葉のなだり吹く風に問はずや過ぎむわが常処女《とこをとめ》

くれなゐの葉脈の闇をたどり来るほかひ人《びと》あれ霜月のはて

けもの道

曇しづめる

残雪の山に歩まむ　春がすみはや棚引きてわれは山びと

つぶやけば業苦のはじめ、きさらぎの星のひかりをはこぶ夕闇

草木虫魚そのひとつだに売らざればきさらぎの蟬天に啼きをる

沛然と雨ふる夜半の杉の幹真直《ますぐ》に濡るるあがなひがたき

ひとたびは血は流れ出てうたふかな山なみのそら春の滝《たぎ》なす

花近きあしたをいそぐ旅人の播かざりし種子黒くかたしも

木がくれの蒼き巌《いはほ》に湧く水をけものとわれとこもごもに飲む

沢蟹のいそぎて砂に隠るるを見凝《みつ》めてをれば一生《ひとよ》過ぎなむ

谷蟆《たにぐく》のさ渡る極みかなしみは春の岩間に滴りやまず

若き日のわれの首《しるし》か辛夷咲く浅葱《あさぎ》の空を鳴き渡るかも

日もすがら椿の花の蜜を吸ひたゆしと思ふ流さざる血を

月の出の樹木の隈《くま》はけぶりつつ花花の謀叛静かにつづく

桃咲ける山畑の道ゆるやかにたわみてぞをれ別れしのちも

常　民

はかなかるわれの一生《ひとよ》も女童《めわらは》の朝の目覚の静けさに覚む

黙《もだ》しつつ童子行きすぐ万緑の中なる父をいたはるごとく

たかだかと朴《ほほ》の花咲く、敗れたるやさしき神もかく歩みしか

逃散《てうさん》のたくらみもてば馬をらぬ厩の闇は蒼くただよふ

常民のわれを信ぜずしかすがに死にたるのちも山くだり来む

縄文紀

I　藤蔓をもて故郷をくくれ

おたまじやくし群れゐる水にかげりつつ髣《ほの》かに過ぐる春の山人《やまびと》
われの組む春の筏の白ければ山の猿《ましら》もひそやかならむ
みなかみに筏を組めよましらども藤蔓をもて故郷をくくれ
霧ふかき奥千本に憩ひけりわが残桜記すべもなからむ
花しろくうれにけぶりぬ傘ささば霧雨の山にまぎれ入るべし
鍛冶神《かぬちがみ》ねむれる杜の花遅くうつつの霧に酒こぼしけり
蝸牛《かたつむり》わが歌の枝すべりゆくこのしづけさや三十歳《みそとせ》過ぎき

II　みひらきて昼を眠れる

みひらきて昼を眠れるふくろふの高貴にちかくかなしみなむか
岩群に石菖生ふるここよりぞ湧き出づる水一生《ひとよ》を奔る

岩に咲く薄黄の花を目守りつつわが身炎となりて立ちける

III　もろともにかなしみなむか

馬曳けよふるさとの馬、あかときの明星いたく霞みつつある
もろともにかなしみなむかまばたける瞼の奥処星座かかれる
昼くらき厩に佇ちて青草を踏みつつぞをりこやしふみにて

IV　子らいねて夜の山ふかし

子らいねて夜の山ふかしさやさやと星のひかりに刃物を研げる
少年を叱りてをればめぐりみなくらき六月の山の夜となる
声あげて文章読まぬわが子らよ夕星《ゆふづつ》のひかり今ゆたけきに
梅雨ちかきたらえふの厚葉照りにつつ狂気のさかひひるがへり見ゆ
杉山に一つひぐらし鳴き出づる夏至ゆふぐれのしろき梯子よ
今年またひぐらし鳴きぬ犠牲《いけにへ》のかなしみならむひぐらし聴くは

谷間よりよだかの声はとよみつつ昏れゆかぬ樹もわれも佇む
草にゐるわれの童よよだか鳴く夏至ゆふやみを揺らめかすかな

V　翁の顔はつねおぼろなる

霧ふみて歩む女童いけにへのひそけさもちて木暗《こぐれ》に清し
存在の住処《すみか》たるべし、ことばもて樹樹行きしかば戦後の砦
崖《きりぎし》をうがちて石を祀りけりいのちを知れるもののかたみに
稲もちて春の海潮《うなじほ》わたりこし翁の顔はつねおぼろなる
祭太鼓しきりに打てばせりあがる昼の海坂ひたすらに凪ぐ
常民はとほくさびしき、石龕の洞《ほら》しづけくてまひまひ舞へる

VI　かへりなむいざ歌の無頼に

黄緑《わうりよく》の靄ある山の斜面なりかへりなむいざ歌の無頼に
夜となりて山なみくろく聳ゆなり家族《うから》の睡りやままゆの睡り

とどめあへぬ流転の朝をゆるやかに鱗粉のふる瞼おもたし
童蒙の日に見たりけり秋澄みて空のまほらに柘榴割るるを
てのひらに柘榴の朱実《あけみ》こぼしけり辞世のほかは歌はざりしよ
睡蓮の花ただよへる水の上にわが五十歳の蚊柱ぞ立つ
樹樹行けばさびしき父よ光りつつ尾は木がくれに見ゆらむものを
たましひは尾にこもるかな草靡く青草原に夕日しづめる
白南風に青葉照るなりわが猿《ましら》樹樹揺さぶりて行方しれずも
草莽《くさむら》に虹はあがりぬまなかひに誰がむらぎもぞ透きて見ゆるは

Ⅶ　稲びかりひそけき山に

つゆの月黄に濁りつつ槇山をふと出づるなり、みじかき悲歌も
今の世の仕組のほども見えたれどわがこもる天《あめ》の焼畑
音もなき夜の稲つるび国原に息づきたれば遠きやまなみ

夜の樹のすひあげてゐる悲歌ありき娶らざる祖《おや》闇にそよげり

日時計

燧

燧石《ひうち》もつきさらぎ朝明《あさけ》まばたけば雪のこる山にうからのねむり

すみれ色の夜明けのひうちほのぼのと掌《て》ににぎりしめ少年ねむる

童蒙

ゆるやかに靄流れゆく山原にしばらくありき翁さびつつ

Ⅰ 翁さびつつ

しづかなる夜半の雲居に佇ちてをる屋根ありぬべしゆるく流れて

ほのぼのと参詣曼陀羅おもひけりみじかき夜の涯しらみそむ

翁さびくちごもりつつ告げなむか山の戦後史聴く人なしに

霧ふかき昼挿木する父と子を目守れる峯も霧のなかなる

いけにへの馬を洗へる朝まだき泉の水の砂湧き濁る

II　劫初の夏

ひぐらしは何ぞかなしきしののめの峯はてしなく波の秀さやぐ

くるしみのこずゑをわたる風ありて檜山のなだりはや昏れそめつ

昨夜《きそ》往きし巨人の跡をさざめきて童蒙のむれ坂くだりゆく

ことば多くもたざるわれに来る夏は青砥の肌を水に濡らせり

翁舞ふ山のくさむらそよぐなり青き一日《ひとひ》の涯のひぐらし

青く炎ゆる夏の樹木よあかげらはわが伝承をうたひはじめき

はつかなる野火見ゆるかな権力のおよばぬ境村と呼びつも

颪くらし颪はくらしと日ざかりのたむけを越ゆる暗殺者の群《むれ》

けもの道青きわが夏古き代の遁甲《とんかふ》の術問はずや過ぎむ

打ちやまぬ真夏の太鼓森出づる遠世の月の満つるぞかなし

III　遠世の月

草深きビルマの月を消息《たより》せし兄よ死ねざるわが打つ太鼓

秋

無用なるわれの一生《ひとよ》に来る秋か鞦韆《しうせん》は垂るる蒼き空より

細りゆく山のまほらの滝《たぎ》しろく尽十方に砕け散るわれ

黄のこゑの渦巻くなかを子ら走る秋の円周空をめぐりぬ

女童《めわらは》はいまかまどろむ簷《のき》ふかく夜の山おろし息づきにつつ　山颪

淋しさに火を焚くわれか山颪婆娑と吹き来つきさらぎの山　婆娑と吹き来つ

日時計

杉木原雪来るまへをけぶりつつ童女のわらひ樹樹に響けり

あしびきの山より吹ける山颪うたへる夜半の屋根をかなしむ

生贄の鯉いくたびか撥ねかへる元日のひかり差す祠《ほこら》の砂利に

ふりしきる雪の中よりありありと近山しろくあらはるるなり

誰かまた雪ほのぼのと踏みしめて無用の朝をかなしむらむか

音楽の漂ふごとく

美しき死はあらざらむ　斑雪《はんせつ》の漂ふ木原春遠みかも
樹のうれにあそべる神は夕まぐれ童蒙の空に星きらめかす
ゆるやかに夜の雪のうへ流れゆくきさらぎの闇、うからは眠る
はろばろと紀の海に雛を流しをる阿太の翁に夢変若《をち》かへれ
三月の浅葱《あさぎ》の空を移りゆく童形《どうぎやう》にしてはや曇りたる
笛の音《ね》のしみる岩間に翁舞ふこのひそけさや夢《いめ》の回淵《わだ》の上　国栖奏
つひにして常民ひとり音楽の漂ふごとく憤り来ぬ

金色の陽

昭和五十二年三月二十三日、長子浩輔《ひろすけ》の広橋小学校卒業式に父兄として列席す。

家家のなだりに梅は咲きみちて清し無頼を花匂ふなる
この飢ゑやいづくの飢ゑ満目《まんもく》の若葉に照れる天《あめ》のひかりは　若葉

みなかみの蒼き夕べにしづめたる纖《ほそ》き釣針《はり》ただよふ一生《ひとよ》

国原

ほのぼのと山にひびける雪木魂運命ひとつ過ぎゆくらしも
くらぐらと国原《くにはら》わたる春疾風《はるはやて》とよもす昼は楕円も見ゆれ
この夜半の沖にただよふ叫び声夜すがら聴きて春の島山　伊豆小吟
くる波のむかうにつづくたゆみなき波がしら見ゆ母音さぐれば
八雲立つ出雲の靄か大いなる風景ひとつ朝をかくれぬ　蒜山即興
臥す牛も歩める牛もはるかなれ夏草萌ゆる蒜山の原
ここにしてわれのいのちは乳色に憩へるごとし草生に低く
ゆたかなる山のなだりを拝《をろが》みぬ草莽の道われは往くべし
すさのをの憩へる国に掻き氷友らと食《た》うべ唇《くち》ひびくかな

樹《じゅ》下《か》集《しふ》

抄　二五〇首

韻律のふかきしじまに

晩　夏

昭和五十二年八月下浣、信州飯綱高原ホテル「アルカディア」にて、我等二夜歌学びせり。

つつしみて魂《たま》寄り合へばたかはらの風光るなり萩ひとむらに
天の岩戸のいかしき扉降りてこし響《とよ》みひそけき木暗《こぐれ》を歩む
そそり立つ岩窟《いはくら》の秀《ほ》を仰ぎみる晩夏の旅の涯明るしも
韻律にあかすものあれ岩窟に額づく祈り私事《わたくし》ならず

越中行

新湊八幡宮の那古の浜に、宗良親王の歌碑あり。

見放《みさ》くれば能登の島山夏の雨にけぶりけぶりぬ、流離ありにし
雷鳥とかたみにかはすまなざしのやさしきときを雲湧きのぼる
天上の地《つち》に咲きたる龍胆のかたはらにして夏の日さむし
汚《けが》れたるこのうつしみの透きゆくや立山の原に八月のひかり

吾亦紅そのいろふかし高円《たかまど》のしぐれの道をひたにくだり来《く》　鹿のごとくに

ことばなく過ぎゆく秋は地《つち》に沁む時雨のあめを踏みあゆむべし

遠足の黄の帽の列よこぎれるまぶしき午前坂ゆらぐなり　北千里の秋

たゆみなく夕空にあがる噴水の落ちゆく際《きは》はかなしみの梢《うれ》

猿田彦

家家は薬草の根を洗ひつつ梅咲くなだり鬼も遊べり

苗負ひて山原ゆくは三月の猿田彦ならむまへに屈みて

霙ふる春の檜山《ひやま》に入りゆきて飯食《いひは》めるときけものなるべし

歌なれや世世の歌びと　韻律のふかきしじまにみな潔し

垂直に樹液はのぼれ山びとの歌詠むこころ血のみなかみぞ

いつの日も雫つたへる赤岩を檜山に入りて兄と畏れき

俗物の苦しみなればつつしみてふぐりも濡れよ春の霙に

血の奥《おき》に夜《よ》の山鳴りを聴きしかな雛ある部屋の燈火《ともしび》のもと

きりぎしに棟上りたるかの家の骨組白し　磔《はりつけ》のごと

樹樹にふる春の霙のひかりこぼれ怒りの木末《うれ》をうたへるや誰

草萌ゆる山

火の国

向う山に辛夷は咲きぬ朝の斧ぶらさげてをり古武士の春

月よみの病める真夜なり山の間《ま》にひそまる屋根は鳥のごとしも

誰かまた血のみなかみを歌ふべし飢ゑだにやさし草萌ゆる山

たちまちに遁げてゆく森この朝明青竹の鞭空に撓ひて

わが家に棲むむささびを憎しめば道ほのじろく春となりぬる

呪はれし春の家族《うから》と思ふまで屋根鳴る夜半をむささびひそむ

ありありと非在の山の秀《ほ》はみえて火を噴く怒り天のまほらに

外輪山めぐれる郷《くに》に雪ふらば異教徒のごとくひと睡りなむ

ながき戦後を

李花集の歌びとの羇旅を思ふなり立秋の海に驟雨ひろごる　越中新湊八幡宮

流離とや、波の秀《ほ》わたる白鳥《しらとり》にながき戦後をくちずさむかな

海原の波の秀ふみてわれにこし韻律なべて塩くちひびく

隕石《いし》打てばもゆらに響く音なりし立秋の雨にその肌ひかる　高岡市の真宗寺院勝興寺の庭越中国府趾

虹のごと

日もすがら毬《まり》つきあそぶ女童《めわらは》のまりのくれなゐ山ざくら咲く

西方に嶮《さか》しき谷をへだつれどむささびのこゑに夜半をしびるる

草萌えろ、木の芽も萌えろ、すんすんと春あけぼのの摩羅のさやけさ

常の人の苦しみのうへ舞ひのぼる雲雀のこゑはたかく澄むなり

樫の幹のぼれる蟻は列なせり——ああ垂直に往くものの涯

汗あえて草薙ぐ季節いたれるや蒼生《あをひとぐさ》は草に噎ぶも

花の上に雹ふる朝明《あさけ》虹のごと精液を噴く夭折ののち

乳色の春なかぞらにまぎれしや凩《こがらし》の日のかの凧《いかのぼり》

入日の渦

山の秀《ほ》に冬のひかりの渦巻けるさぶしき昼を家族《うから》ひそけし

杉山に雪ふるかなたくれなゐの入日の渦やふるさとを捨てず

わりなくもわが若き日をまどはしし牡丹《ぼうたん》ひとつ雨にうたるる

運命として

山下りひとに会へるを山びとの運命として無頼なりにし

夜《よる》となる竹群やさしをみなごの昼のさやぎは夢のごとしも

このホテルを囲む竹林はいつまで残されるものか。

非在の不二

長尾峠にて一夜富士の嶺を眺めむとして。

月見草咲く山ゆきて雨雲にしまはれし富士をひそと目守りき

しののめの富士あらはれておぼろなる弥陀みだなみだまどろみの空

夜の檜山

はや立秋——。安穏に、こんなに長く生きようとは、かつて思ひもよらぬことだつた。

戦ひの後の白雲神奈火の森移るなりむごく輝《て》りつつ
石ぼとけそのかんばせのおぼろにて死なざりしわが戦後を歌ふ

夏草

ランドセル赤きそびらは楯のごと見送る父を拒みいゆけり　わが童女小学生となる
山くだる童女に降れる雹《ひょう》なれば父の結界朝きよまれり
雨やまぬ鳥栖山《とりすみやま》に鐘撞きぬ霧ふかき日の花を尋ねて
あはれあはれをみなの撞ける春の鐘霧流るれば花群《はなむら》に沁む
いとけなき日にこぼしたる夜の尿《ゆまり》思ひ出づるも霖雨《つゆ》の月の出
すこしづつ気狂ふきざしほととぎす棚田の水にその声響《とよ》む
どくだみの花しろき径髑髏《されかうべ》はつかにうたふ女犯《にょぼん》のうたを

鳥栖《とりすみ》の峯越えて来《こ》しほととぎす夏草猛《たけ》くひとを思へば
山びとの滅びの秋を思ふべしさるすべり白く咲き残りたる　法師蟬

稲妻とほく

桔梗《きちかう》の花もて帰る山原にひと恋ほしめり晩夏のひかり
くさむらに晩夏の汗を拭ひけりいくたび悔ゆるいのちなるべし
息づきて罪こそ熟るれ国原《くにはら》の稲妻とほく子ら寝乱るる
山ごもり一生《ひとよ》は過ぎむ杉青き狂気はいまか汗に出づるも

水の上

水平に夕焼け区截る外輪のやまなみ暗し死よりもくらし
天《あめ》なるや大阿蘇の嶺《ね》をへめぐりて人間の灯《ひ》のまばたく秋ぞ
神さぶる恋とし言はむ霜枯るる火の山原にもの食《は》むわれか
大歳《おほとし》の夜の篝火焚くわれにふるさとの闇ますぐにぞ立つ

単純に

春寒き山の夜すがら咳《しはぶ》ける父衰へて山ひそまりぬ
斧もちていづこに行かむ単純に陽は当りをり青き斜面に
明日なればこの山桜花咲くと告ぐればほのと父は目つむる

群衆

あゆみこし春のつり橋揺れやまぬさびしき年の花にもあるか
さくら咲くさびしき時間ぞろぞろと群衆はみな父のごとしも

小歌論

青草にこのししむらを投ぐるべき帰郷者なれや草にむせびつ
朴《ほほ》の木にのぼりて朴の広葉捥《も》ぐ怒りの夏を葉はひるがへる
坂の上にはじめの風の立ちそむるさびしきしじま若葉照るなり
天上を恋ふる噴きあげ環《わ》となりて水堕つるなり都市の空間

雨師

ひんがしの槇《まき》の木群《こむら》を月のぼるひそけき夜半の明るさに立つ
たてがみははやしめりつつ夜の庭に黒馬《くろま》ゐるなり眠れざる夜を
梅雨の夜のつゆをふくみてわれに来《こ》しさびしき他者をなぐさめかねつ
はかなしといくたび言ひて越えし峯ほの明るみて夜半のやまなみ
さびしさにほうほうと呼ぶ木の間にて大峯《おほみね》の嶺《ね》に虹かかりゐる
青葉木菟《あをばづく》鳴きやまぬ夜にわれを擲ちし若かりし日の父の緑色《りよくしよく》

荒神の庭

高野山の奥宮、立里荒神に登拝せり。
——昭和五十四年八月下浣、「山繭の会」夏季研究会にて、二夜を
高野山蓮華乗院に宿りし日の即事。

夏こだま妹《いも》のちからのそらに澄みて檜原《ひはら》はあをく山の秀《ほ》にほそる
おろそかに生きつぎて来しいのちかな晩夏の汗にほふ立里荒神《たてりくわうじん》

いまぞ吹く真夜の大風家鳴りてかたはらに坐せる前鬼後鬼《ぜんきごき》かも　前鬼後鬼

称名《しょうみやう》のいまだものこる秋の日の山原の露みなわれを見る　冬のひかりに

むらぎもの心をとりてかなたゆくしらさぎありき冬のひかりに

都　市

大阪のビルみな暮れてゆくときを旅人なればこころうすづく

親知らず抜かれし夕べ思ふなりおとろへし父のわれを待つ山

しろがねの水噴きあぐる冬の日にわがあかがねのあまたを垂るる

瑠璃光

恥知ればわが身そよがむうらじろの群落つづく斜面なりけり

ながき夜《よ》の檜山のなだり夢《いめ》にだにみたまのふゆを星はこびこよ

攫ひこしをみなぞなげく幾夜なる月の出おそし山おろし吹く

瑠璃光はおもふべきかなあられふる檜原をゆけば夕日差し来ぬ

雨しろく来る

ほたるぶくろ出《い》で入るつゆの風あをく杉山越えて雨しろく来る
夏草をいかほど薙ぎてなぐさむや汗匂ひつつものみなそよぐ
おらびつつゆく雄ごころの涯見ゆる杉山くらきつゆの赤星《あかぼし》
はるかなる妹《いも》の力にかへりなむ夏空たかく告天子《ひばり》あがりき

夏こだま

志なほくあるべし

街へ行かむと、立春の日、吉野の山をくだるに。

散る花の明るきしじま詠《よ》み出でて群衆のなかにまぎれゆく　はや
志なほくあるべし今の世に歌まなびするいのちなるゆゑ

銀河系

夜空ゆくはる山かぜを目に見えぬさくらの花は吹き流るるや
山霧はいづこの谿に湧くならむ斧の柄朽ちて翁さぶるも
大峯の戸《と》開《あ》け桜の枯れがれてことしの春は花にそむきぬ
いしきだを花舞ひあがる春の日に後《のち》の世のごとわれは遊びぬ
ひかりもてとかげの走るまなかひにうごかむとするひとつ巌《いは》あり
山独活《うど》の口ひびく日は黒南風《くろはえ》にしづめる村をおりゆかむとす
ふるさとは負債のごとしかなかなの啼き出づる梢《うれ》そらにさゆらぐ
銀河系そらのまほらを堕ちつづく夏の雫とわれはなりてむ

夏こだま

詰襟の少年の吹く口笛に山の芽吹きのかなしみまさる
うべなひはさびしかりけり山行きてブレヒトの劇「イエスマン」思ふ
花折りてくさむらゆけば夏草のさゆらぎ青くわれもいけにへ

かしはばら吹きおろしくるまひるまのまつくらの風を食らふごと立つ

ほととぎす子午線上を鳴きわたり木樵《きこり》は夜半の森にめざむる

少年の心経澄みてきこゆるぞ、ホテルの部屋に早口とよむ

ゆふやみに菖蒲を打ちてみちのくの古謡《うた》つぶやけり匂ふまで

かたつむりわづかにうつる枝の上に漂泊の夢しろく濡れをり

行け、若葉　さやげる山の夏こだまひるがへるまのかなしみにして

薄明のゆるされびとにふりそそぐくもれる銀の大空の雹　ゆるされびと

さらはるる静けさなりきさみだれの群衆となりてあゆみゆくとき

饗宴

うろこ雲たかく炎ゆるぞ果さざる饗宴ありて一生《ひとよ》過ぎなむ

後《のち》の世のしづけさなれや家族《うから》みな睡れる夜半をかりがね渡る

こころだに山こがらしに飛び散りて梢こずゑに千切るる青空

明けそむる山湧くごとしかなかなのはげしき刻《とき》を樹々まだくらし　立秋の蝉
くさむらに立秋の蟬啼きやみて戦ひの後《のち》をめぐりめぐりたる血
言離《ことさか》の神のなげきの浅からぬしぐれなりけむ葛城青嶺《あをね》　言離の神
葛城のしぐれはやさし高天彦《たかまひこ》昼の木群《こむら》を猿《ましら》わたりぬ
生くる日のかなしみなれや酒酌《く》めば山おろし吹く年のはじめを　除夜の鐘
めぐりみなはだれの山となりにけり宥《ゆる》されぬ樹もしんと立つなり　はだれ
梅の枝焚けば香に立つ明け暮れを沫雪《あわゆき》降れり愉しきごとく

称名

宇陀仏隆寺より室生寺への古道を越える。

花びらをふみつつのぼる石段《いしきだ》の石濡れてをりみどりの雨に
こときれし父を悼みて二十日経つ称名をもてのぼる石段
ゆく春のひかりを惜しみうつしみは宇陀の真赤土《まはに》の山坂越ゆる
死《しに》にける父をおもへば菜の花のひとむらの黄の明るき彼方　彼方

つひの日に思ひ出づべしこともなく父死なしめてさくら咲きしを

尽十方

ここ過ぎてまた行かむとすしらたまの露炎えてゐるくさむら分けて

とろとろと火の燃えてゐるかなたより秋ゆふぐれの人あゆみ来る

しづかなる狂気の涯とおもへども斧ひとふりを山水《やまみづ》に研ぐ

穂すすきの靡くときのま山住みの秋の奢りの風わたるなり

ぶらさがるあけびの熟《う》れ実食《は》みをれば八百万神咲《ゑ》らぐしづけさ

ちかぢかとかへり来ませる亡き父と茸の山の境界《さかひ》ふみしむ

なにものの過ぐるいたみぞ引窓の硝子を切りて歌奔《はし》るとき

鳥の道尽十方《じんじつぱう》を流れゆき秋山住みの行方知れずも

一山《いつさん》のかなかな啼ける夕まぐれむらぎも蒼くもどるけもの道　けものみち

草の実を丹念に取る夕まぐれあかあか燃えろ秋の竈《かまど》は　ひかる草茸

谷こめるゆふべの靄におりてゆくむささびの後《のち》をうたひ出づるも
家々の水相寄りて谷川に注げる夕べ、耐へねばならぬ
しろがねの噴水の秀《ほ》のきらめきてこぼるる冬の無頼をみつむ
ふりしきる雪のさなかにわが抒《の》ぶるかなしみの枝しなやかなれよ　自画像

生死の涯

在るもののなべてはわれとおもふ日や泪ぐましも春のやまなみ
春寒きたぎつ瀬やさし漱《すす》ぐべき旅のこころ知る滝尻王子
中辺路を辿り来りて近露の里には泊《は》てつ風荒らき夜を
春分の霧雨ふれる中辺路に苦しみのごと陽の差せる山
生き死にの涯と思はむ風交り雨ふる山に照れる嶺あり
若《にやくわう》王子《じ》空みあぐれば賜ひたる歌の翼のしなやかにして
やまももの実のくれなゐはふかかりき山住みの明日かたりあへなく

山住みのあはれをかたりかへりなむ下品《げぼん》下生《げしやう》の春の山道
王道をさびしむわれら山畑に夏咲く花の種こぼしけり
山こめて花咲き満つる春の夜を稲光りする三たびするどく
はたた神またひらめけば吉野山さくらは夜も花咲かせをり
足袋しろく奥千本の花に入るやさしきひとは死者に添ふべし
韻律のはるけきひびき踏む山にいかなる老は来らむとする
ああくらく花吹雪せり人間の驕りのこゑにわれは行かじな
杉山にとだえもなしにさくら花流るるひと日ひと日を生くる

あめのみすまる

山深くかくれたまひしうら若き貴種こそ思へ雪晴れの空
勾玉のもゆらにひかる雪の夜を青年ひとり眠れざりけり
をろがめば天《あめ》のみすまる踏みしむる陽なたの雪の地《つち》に鳴り出づ

くだり来て大《おほ》いぬふぐり花咲くを雪消の坂に見るもきさらぎ
散りのこる山のさくらは日もすがら杉の木群《こむら》に流れ入るなり　残桜記

雫

春蟬の啼きそめし日を三輪山の草のいきれをうつしみに分《わ》く　三輪山に登る日ありて。
昨夜《きそ》の雨あがりし嶺《みね》に朝霧のいまだもかかる神のかなしみ
ひもろぎの岩窟《いはくら》の巌《いは》乾きゆくこのしづけさを汗噴き出づる
太虚《おほぞら》を踏みて登りしその神のやさしさぞまひる雫する梢《うれ》
国原《くにはら》に人はかへれど巌《いは》のごとおもたき魂《たま》はやるすべもなし

青　草

百雷はいまだをさなくひそむらむ青梅はみな草に落ちゐて
薙ぐ草の青ふかき日やほととぎす世に叛かねど汗噴くしづけさ
みなみより白南風《しらはえ》吹けば山住みのわれにしたしも青き帆柱

夏草に径かくれたり吹く風は生尾《せいび》のごとく草にまぎれつ

みどり濃き槇の梢を剪り落す真夏の人や樹上をわたる

かうと鳴る太虚《おほぞら》の風炎《ほ》のごとく土用半ばは秋の風とや

ことだまを持ちてあゆめば杉山の杉のこぬれを雪はしるなり　この首

つひにわれ吉野を出《い》でてゆかざりきこの首古りて弑《と》るものなけむ

白き猪

朝明《あさけ》より鴉は啼きてうつうつと冬至のひかり金をふくめる

木こりゆゑさびしむものか杉山の樹氷のうれにひかり遊ぶを

山深くかくれたまひし神すらや涯の二十日《はつか》は人殺《と》りに出《い》づ

夜もすがら眠らぬ山か年明くるぶあつき闇に雪ふりやまず

しらじらと朴《ほほ》の木立てるかたはらに冬のことだま待ちて来たりぬ

思ひきやわが山住みの時過ぎて睦月の嶺《みね》をしろき猪《ゐ》くだる

硝子戸のむかうに冬至の山ありて藍せまりくるひもじさにゐる　ある歌

雪ふれば白き猪《ゐ》となりて山くだるかそけき怒り春のことだま

山上の闇　昭和五十七年五月三日未明、大峯山上ケ嶽の戸開けに登拝する。

足音をしづかに過ぐる行者らにまじりてひびくわれの山靴

いづこにも女人《によにん》の声のとどかざるきりぎしつたふうつしみ重し

谷行《たにかう》の掟を知らず登り来し少年二人父を捨て行く

よみがへりよみがへり来《こ》し人間のいのちを思へ山上の闇

山伏の荒山道になづみをるこの俗物をゆるしたまふな

若葉の彗星

花ちかき日に鳴りとよむ雷《いかづち》を年ごとに聴くわれの山住み

落ちこぼれ落ちこぼれつつわがひと生《よ》過ぎむとすらし箒《はうき》星出づ

彗星のひかりを空に仰げどもあきらめのごとただに眠りぬ

磷々《りんりん》と詠みくだすべし忘却も秋七草もひかりの微塵　ひかりの微塵

秋七草手折りてあそぶわれさへやはや白光《びやくくわう》のしづけさに入る　みなかがやきぬ

森へ

失ひし母が記憶を呼ぶごとく庭の千草をかたみにうたふ

たそがれの森に踊りてなほさびし儛茸《まひたけ》のたぐひ盗み食《た》うべし

海境《うなさか》をくる船待ちてゐるごとし木《こ》を伐りし昼ながく憩へば

ひつそりと孔雀の舞へる森出でて父母《ぶも》孝養《かうやう》のひとつだになき

毒茸《どくたけ》の彩《いろ》も褪せしかしぐるれば翁さびしく紅葉《もみぢ》踏みつつ

熊野灘いまだくらきにみひらきてひげ剃りてをり夜の果つる前

熊野に坐す神のみ前に昨夜《きそ》見たる波間の夢を綴りあへなく

七里《ななさと》にきこゆる琴を作りけむ枯野《からの》といへる船朽ちし後《のち》

みづうみを過ぎゆく驟雨しろくして雨脚といふ言葉さびしき

死ににける人を思ひて比叡嶺《ひえいね》のあしたを深く額づきてをり
かの湖を碧き孔雀と詠みしのちみちのくびとは短歌《うた》捨てにけり　宮沢賢治

春の鬼

脛

たちまちに白くなりたる杉山を惚《ほほ》けし母は花嫁と言ふ
戦争に子を失ひし吾《あ》が母の悲しみながし雪つもる山
夜もすがらふぶける山に息ほそくもの思ふすら宥《ゆる》されがたし　冬の境
いづれの行《ぎやう》も及び難しかはてしなき念仏のごと雪のふりしきる
僅かづつ狂ひかさなる日時計のむらさきの影いくたびめぐる
山の上に建つ廟塔を吹きすぐる晩夏の風は尾をもてるなり　鳥住行
大峯の青嶺《あをね》におこる風の秀《ほ》に遠《とほ》まむかへり鳥住の山

奥津城の木群の岨《そば》にかへりみるみんなみの山天にもだゆる

冬のまぼろし

惚《ほほ》けたる母のたましひ遊ぶらし月差しそむる霜夜の梢
烏瓜ぶらさがりたるかたはらを魂《たま》かるがると運びゆくかな
今ははや眼ひとつと蔑《なみ》されし山神《やまがみ》ならむ黄葉を散らす
山のまの泥ぬたくりて遊びけむ荒々しかも冬のまぼろし
ひつそりと人縊《くび》れたる森のなかへやさしく入りぬ冬のひかりは

赤き燈火

昭和五十九年歳晩、母死す。行年九十歳なり。

全山の桜のこずゑ雪しろく包める朝を懺《ざん》悔《げ》すわれは
雪しろくかむれる山にまむかへどたらちねの母すでにいまさず　雪しろく
さびしさに堪へたる人といはむかな湧井の水はあふれて凍《こほ》る

十万億土

かさひくき童女となりて夜もすがら本読みてゐし母がかなしさ
母の骨を胸にいだきて霜柱きらめく朝を息しろく行く
我《あ》がために流したまひし垂乳根《たらちね》の泪《なみだ》の暈《かさ》を霜柱立つ
人間はかく惚《ほほ》けてぞ死ぬるものか菩薩となりて宥したまへり
ふりしきる雪にかすめる山並みを音楽として塩つかみ出づ
八握髯《やつかひげ》はやしろくなりて哭きいさつる冬枯山の神いまししや
はるかなる十万億土まかがやく悲しみをこそわれは歌はめ

杉匂ふ

谷間まで雪掃きくだる七草のあしたの森の杉匂ふかな
母の骨胸にいだきて歩みけり冬枯山《からやま》に骨まろぶ音
白き猪《ゐ》のかけりしのちをふぶくなり千の日輪亡びかゆかむ
磐座《いはくら》をつたへる水はみな凍りしろがねの泪天《あま》くだるなり

滝坂の道

つゆ空ゆしろき小花《こばな》の降り落つる石畳みちほとけまろびつ

天上の梢に垂るる花白く首切地蔵の前垂《まへだれ》赤し

定家葛《かづら》しろくこぼるる石みちをあゆまば過ぎむ苦しきことも

夕日観音の石肌あらき御手《みて》撫づる四十数年たちまち過ぎて

忍辱山円成寺《にんじよくせんゑんじやうじ》より戻るとき雨蛙あまた小径《こみち》をよぎる

阿呆らしと言ひ棄つべしやこころなき風説ときに花にまぎれつ

天の河

ころころと女童笑ふ竹やぶに土より出づるもののやさしさ

山桃ははや熟れたりとくちづくる白南風過ぎし山のさびしさ

山ぐらしさびしくなればほうほうと高鳴きてみぬ木魂涌くまで

槇山の槇の梢を切るわれに真夏の蟬はいのちをしぼる

年ごとの真夏に流すわが汗のかすかになりて森しづまりぬ

やまなみをへだてて遠き稲妻《いなつるび》息づく夜や骨きしむなり

夏草に径かくれたり萱むらの蒼きひかりを踏みしむるかな

天の河しろきゆふべにふかぶかと西瓜を切りぬ円《まる》きまなかを

人ひとり憎めぬわれのかたはらに秋七草や咲きみだるかも　ひたごころ

秋萩の花のくれなゐ風たもち伯耆大山空に気高し　つくつくほふし

石段《いしきだ》の半ばに待ちぬ——いつまでも登りこぬ母、つくつくほふし

熊　野

土車《つちぐるま》なづみし径《みち》の霜折れをふみしむる朝人はやさしき

毛氈苔のくれなゐふかし生きかはり死にかはりけむ人の苦しみ

さびしさにまなこはかすむ霜月の終りをひかる熊野川の砂

伏拝《ふしをがみ》王子をすぎてわが夢のなごりをもゆる冬のもみぢ葉

七越《ななこし》の峯より出づる月なくばかの石立ちてさびしからまし
げに熊野わが苦しみを息長く木枯しのゆくかなた明るむ
ながき夜の木枯しながく過ぎしのち神ながらなる寒さきらめく　　神ながら
日常の息のまにまに響《な》り出づる歌のしらべにいのちを抒《の》ぶる
なぐさまぬひと生《よ》の夢の静けさを雪夜の星の空に満つるも
新年《にひどし》のさくらの枝に降る雪をもつとも清き情熱とせむ　　蔵王讃歌

帰　郷

ことばいまだもたざるわれにゆるゆると日輪のぼる黒き森の上
黒き森にかこまれ過ぎむわがひと生《よ》夢なれや漂ふごとし
麦の穂の金色の芒《のぎ》けぶりたる夢見なりけり雪の来るまへ
沫雪《あわゆき》のほどろに降ればまれびととなりてあゆめり睦月の村を
黒き森に差す月かげを怖れしも明日なきごとく今宵雪照る

立ちのぼるこのまどかなる静けさに森しろがねのひかりを返す
ひと日だにここにとどまることなけむわが還るべき黒き森見ゆ
花吹雪くらぐらわたるみ吉野の春なかぞらに老見えそむる　素志
行きゆきて花のふぶきにたちくらむ山人の素志をみすてたまふな
人間の言葉重たき春の日にひと谷わたる花びらの風

猛きことばを

しづかなる死後をおもへば郭公の声しばらくは青嶺《あをね》にひびく
うちなびき青嶺をわたる黄緑《わうりよく》の雨くるときはものみな急ぐ
くさむらに青梅の実の黄に熟れて青年ふたりけふもかへらず
黒南風《くろはえ》の国原《くにはら》見つつ呟けり往生といふ猛《たけ》きことばを
まぼろしに鑿《のみ》打つごとくあゆみけり沢蟹の眼の寒く光る日　蒼穹
こがらしの過ぎたるのちを蝶しろくたかだかとゆく蒼穹《あをぞら》なりき

林中小径

鉈《なた》振りて青竹伐《き》りぬくやしみて歳おくるべき山のしづけさ
山人《やまびと》の憤怒の嵩を踏みしむる白き鹿なり栃の実まろぶ
つぶやけばげに口ひびく、くやしまむ韻律《しらべ》のままに木の実を拾ふ
昨夜《きそ》の雪いまだのこれる枯草に小径つづけり陽差こぼるる
山の夜の天《あめ》の露霜くれなゐをふふむとおもふ年のはじめは　夢

春の鬼

歳木樵《としぎこ》るわがかたはらにうつくしき女人のごとく夕日ありけり
凍《い》て星のひとつを食べてねむるべし死者よりほかに見張る者なし
けだもののかよへる道のやさしさを故郷《ふるさと》として人をおもへり
とどろきて坂登りくる青年のオートバイこそ春の鬼なれ
たらちねの母にまぎれし花野にて金の野糞を祀りし少年

鳥《てう》獸《じう》蟲《ちゆう》魚《ぎよ》

抄　二〇八首

I

国原

国原《くにはら》に虹かかる日よ鹿のごと翁さびつつ山を下りぬ

天上の一《いっ》枝《し》を折りて土に差す靄ふかきかなわれの国原

鹿皮をまとひて山にすごしけむ国原とほく麦青めるに

人群れてたぬしかるべし鱄《ひび》はしる執金剛神まもらせたまへ

桜桃《あうたう》をかたみにつまみ昏れむとす耳梨山も雨降りくらむ

娘、大和橿原市八木に下宿して高校に通学する。

国原は陸《くが》のたひらの器ゆゑ夜の孤独をふと溢れしむ

老ちかき鹿にやあらむ金色の泪をためて夕日に立てる

花・鳥をながむるほかにすべもなし遊行ひじりのごとく野辺ゆく　鳥の埼山

裘《かはごろも》

杉の木に雷神《かみなり》落ちて裂けたるをことしの夏の情熱とせむ

目も鼻もおぼろとなりし石洗ふわがをみなごの指のふくらみ
夏終る野分の風に森の樹のゆれさわぐとき鳥低く飛ぶ

私の授賞祝賀のパーティに、思ひがけなく山崎方代氏出席されしことあり。

犢鼻褌《たふさぎ》のごとくにひろきネクタイの朱《あけ》垂らしゐし方代さんは

昭和六十二年秋、七年ぶりに『ヤママユ』を復刊せむとして。

にせもののみないきほへる世となれど隠れし修羅の響《とよ》みあるべし
鹿踊《ししをど》りをどればいまだはなやぎぬ敗れし神の傍《そば》をまはりて
野をよぎる遠足の列消ゆるまで長しとおもふ、短しとおもふ
けだものの歩める跡にくれなゐの紅葉《もみぢ》散りけりこともなきかな
朝戸出に拾ひし栗をポケットに山くだりきぬ国原ふかく　山の星宿
敏《さと》くしてここを見棄てしいくたりぞ亀虫の屍《し》を草にかへせり
木の枝は雪を捧げて夜に入りぬ生首《なまくび》ひとつ下げてきつれば　首

森ふかく埋《う》めたりし首いくたびも緑青《ろくしやう》の雲噴き出づるなり
雪雲《ゆきぐも》はくろく動かず燃えあがる焚火の炎人待つごとし　鳥の謀叛
わが眉にしろき一毛《いちもう》まじるさへたのしかるべし雪ふりはじむ
まだくらき山の斑雪《はだれ》をみつめをる鳥の謀叛《むほん》を思はざらめや

みすまる

うすあかりつねに湛ふる森ならむわれのうしろにひと日けぶれる
杉落葉赤みを帯ぶる夕ぐれのゆるき斜面に木となりて立つ
杉の木に雪ふりつもる静けさを敗れし神も眺めたりしか
底光る黒曜石の簇《やじり》もち雪ふる山の薄明に立つ

落葉

――日付のある歌

十月四日　中天の月冴える。白犬を夜の山に放してやる。

ふたたびは戻らぬ犬か呼びをれば森しろがねに闇をつつめる

十月五日　大阪北千里へ後期の出講。

この夏の日灼けのあとも薄らぎて秋のをとめら人魚のごとし

十月七日　大阪中之島にて中秋名月を観る。

無一物となりゆかむわれを咎めざる若者ふたり月下を奔《はし》るや

十月十日　庭師の剪定した枝を片付ける。

月夜茸ひかるをりをりあやまちて人殺《あや》めしと告ぐるわれあり

十月十一日　午後おそく雨となる。

羨《とも》しみて樹のうれ見上ぐ秋空に鋏の音の澄みて響くを

十月十五日　深夜帰山。秋祭の太鼓の音すでになし。

夕雲の朱《あけ》ふかく曳くこの山に狂はず過ぎしことのさびしさ

十月十九日　千里のホテルで明け方まで仕事。

くらき嶺越えむとすらし山火事の炎は夜半にまたひらめきぬ

十月二十三日　読売連載の『樹下三界』書きなづむ。山道に愛用のペンを落したせゐか。

漆黒の万年筆より青インク滲みてをらむ草のもみぢに

十月二十五日　山の文化を語りつつ、和魂漢才を思ふ。

西行を語りゐたれど歌の人たれもをらぬを慰めとせむ

十月二十九日　平凡社『太陽』のカメラマン達来て起こされる。

攫ひこし大根二本しろじろと土間を占むれば逃げられはせぬ

十月三十日　奈良市で講演。演題「わが古代感愛の日日について」。酩酊して深夜彷徨する。

国原をめぐれる青きやまなみをしみじみと見む生尾人《せいび》われは

春の霙

木木の芽に春の霙《みぞれ》のひかるなりああ山鳩の声ひかるなり

国原の花野に拾ひし石斧《せきふ》もて草餅のくさ叩く宵闇

かたはらに眠れるもののかぎりなしこの山住みに花咲くおそし

三月の雨にまじりてしろがねの剣《つるぎ》降るなり夜のねむりに

谷間より春山風はあふれつつきりぎしの家に老いむとすらむ　籔

残桜抄

岩ひとつ押してゐたればなかぞらを花のふぶきは流れゆくなり

この山に兵三千のひそめるを花知りぬべし国原かすむ

人間のかく多く往く街なかを今も不思議に思ふもをかし

淀川を渡れる電車夕映えて身すぎ世すぎのたのしく見ゆる

爪立ちて春の孔雀の羽根ひろぐるゆふべの森にかへりゆかむか

こんなにも小さき花を咲かせゐる野の花群れてわれ立ち舞はむ

いづこにも著莪《しやが》群れてゐるゆふべなり山のけもののも道に迷ふや

青草に春の終りの夕日差しいま緑金の晩年は見ゆ

山かげの棚田の水のはや澄みて早苗はなべて髯のごとく立つ　若葉の村

引窓《ひきまど》に夕雲の朱《あけ》流れゆきけだものの冬あをあをきたる

この山の鳥けだものの啄ばめる冬の日差しのをりをり滲む　斜面

II

野に臥す　――病院日誌

一九八八年八月の末、天狗のいざなひにより、夜明けの懸崖を跳び、背骨と踵の骨を摧き、大淀病院に入院せり。

ひつそりと背骨摧けて臥する夜に最終電車きりぎしつたふ
秋空に紺碧の鐘鳴り出でよ野に臥するものの耳聡《さと》くして
平和とはかく軽やかに日常をビニール袋に入れて運べる
朴《ほほ》の葉の散りつくしたるこの朝明《あさけ》山の日差の明るむを待つ
煩悩の熾盛《しじやう》なるかな紅葉の明るき樹下《じゆか》に杖突き立つる
夜すがらの木枯しに鳴る森ありきをみなご捨てし昔男よ

秋の杖

まばたきふかし

剝落をつづけてやまぬ秋の日の空のはたてをかへりくるなり
海原を泳ぎて渡る鹿の身をあはれみをれば霰たばしる
わたつみのさかなはなべて天上に昇るとすらし雪雲朱し
をちこちに薄氷《うすらひ》ひかる山の原嘴のごと杖つき遊ぶ
今朝張りし檜原の氷うすからむけものの蹠《あうら》やさしかるべし

冬の尾根また越えゆかむ石鏃《せきぞく》のごとくにひかれ山人の歌

今よりはさらにも暗き夜ならむ霜夜の紅《こう》の梢より降る　底にしづめて

さまよへる魔法の杖をかくしたる沼ありぬべし紅葉《もみぢ》明りに

今朝張りし森の氷はひそかなり非在の沼を底にしづめて

黒暗

林中にさかなの鱗かたまりてこぼるるあたり杖銜き過ぐる

ひつそりと朝の津波の引きしのち流木濡れて蹲りをる

かぎりなくひかり溢るる雪原に大鴉こそ下り立ちゐたれ

かへらじと言挙げなして吉野山くだりしものらみなうらわかき

わが一生いまだ熟れずに正月の夕日爛れて昭和終らむ

前鬼《ぜんき》後鬼《ごき》わがかたはらに睡りゐて昭和過ぐれど目覚めざるべし

杉山のしろき斑雪《はだれ》に差しきつる夕日明るし罪ふかきかな　後夜

この朝明われを襲へる腓がへりかかるやさしき拷問と知れ
森に降る雪の静けさ鬼ひとりほろほろ酔ひて後夜《ごや》となりぬる
大空に朴の花咲き背骨《ほね》しろくととのふ朝明なべて韻律　朴の花
ポプラの絮《わた》白く流るる大阪の千里の風の明るさに坐す
恥多き一生《ひとよ》暮れつつひつそりと池のほとりを人過ぎゆかむ

蝸牛考

しなやかに鞭打たれつつめくらみて聳《た》ちつくすなり驟雨の峯に
立秋の杉山青し髑髏《されかうべ》かくしおきけむ昼のくさむら
これ以上身軽くなれぬあかときに夜神楽はてて白くまどろむ
大風の山に吹く日よ声高《こわだか》にもの言ふ山の人らなつかし
この山に棲める石亀をりをりはわが無意識の縁《へり》を歩める
森に棲む木樵《きこり》の眠る闇ふかしああつぐなひはかぎりもあらず

美しく老いむとすれど夭折の王子《みこ》をいたみて梟老いず
舞へ舞へ　かたつぶり　樹の木末《うれ》に舞へ　風に舞へ　雲に舞へ　かたやぶり

暗緑の森　――或る自画像

少年のまなこに入りて宿りける星ありしこと若く老いにき
あはれあはれ翁の面のしめりゆく山霧の夜となりにけるかも
陽の照れる若葉の森を人走る肌みづみづし嬰児《みどりご》も立つ

空のはたてに　百首歌

昼も夜も秋七草のそよぎゐる花野をとほくめぐる風あり　一
新月のごとき利鎌よ山住みのわが境涯も花野にかすむ
この山は大き首塚ゆつくりと月のぼりきて萩叢《はぎむら》に照る
うちつけに雲かがよへば忘れたるをみなまぶしく山住みながし
首ひとつ提げてさまよふ花野にて望《もち》の月出づる静けさに逢ふ

白犬の柔毛の肌をひた走る蚤を追ふなり狩猟のごとく
雲かかる遠山畑と人のいふさびしき額《ぬか》に花の種子播く
山上ヶ嶽のお花畑を夢に見き女人禁制の雲海の上
美しき伝説ならず山畑の村なくなりてくさむらふかし
遠くより秋の津波のくるあした渚の砂に母を忘れこし
青柿のあまた散らばる道のべに野分のゆくへ語る媼ら
国原に出できて思ふ山顚《さんてん》の巌に亀をあゆましめにき
尾根に立つ檜の梢《うれ》を見上ぐれば蒼穹をゆく秋の帆柱
黎明のうすらあかりに還りくるわがむささびよ闇の芯から
茜《あかね》蜻蛉《あきつ》交はりつつも中空《なかぞら》にしんしん澄みて漂へるかな
きのこ持ちて帰りきたりしわが父も芋洗ひゐし母も湯けむり
壹万年昔にたれの見し夢か選ばれし者山を下りき　二

葛城より大峯にわたす虹の橋こころにもちて山くだり来つ
雪雲の動かぬ一日村びとはみな集りてわれを裁くや
樹のうれに夕闇ありき産まれたる仔犬を見ずて地凍《つちい》てそむる
かたつむり枝わたりゆく時間《とき》の涯月読しろくけぶる明るさ
皿の上に鮎並ぶ夕べ母若く髪洗ひゐし夜のごとくに
盥には夕星《ゆふづつ》溢れゐたりけり嬰児《みどりご》ここに帰りきたらず　三
くさむらのほとりに夜半の掌《て》を置きて睡れるものを妻と呼ぶべし
葛城にかかれる虹を西行と仰ぎ見にけり山びとわれは
くさむらの沼のほとりにしろがねの杖忘れきて秋ふかまらむ
山霧に村消ゆる日よ夜神楽をおこなひをれば人ひとりなし
黄の多きもみぢの山に真向ひて木樵《きこり》をなせり青杉の山に
列なして枯野を走る野鼠はひたすら秋の夕日にむかふ

日もすがら秋風の磨くいただきに花咲く窪みありと告げなむ
こがらしに吹かれて越ゆる白き蝶年ごとに見る秋のまぼろし
天刑といまは思はむ遅れたるわれの時間を生きぬくことも

III

杉

霜月の山にかへりし神神の咳《しはぶき》なすや枯葉舞ふなり
少女《をとめ》乗れる赤きバイクを見失ふ黄葉《くわうえふ》の闇しばらく甘く
髯《ひげ》ぬきて投ぐれば杉の木となりきあぁもじやもじやの男の無聊
茜ひく雪雲《ゆきぐも》に入る鳥みえてベルリンの壁毀《こは》されし日よ
山桜ほつほつひらく山上に降りきつる雪踏みて去《い》ぬべし　花にふる
にはとりも牛も飼はなくなりてより家畜のごとくさびしき家族

花の雲にこの身泛べて水分《みくまり》の斎庭《ゆには》に入りぬ隠るるごとく　即事

はるかなる他者

蓮華田のしばらくつづく越智野《をちの》行く春の電車に瞼かすめる
鳴けや鳴け、おほるりこるりわが魂《たま》の芯澄みゆかむまでのさへづり
こともなくわれの子を産みし不可思議の闇をおもへり朴の花咲く
ぬばたまの若葉の闇にとり出だす翁の面よはるかなる他者

鳥獣虫魚

郭公のしきりに鳴けるこの夕べ幻の尾のさまよふごとし
草むらに息づきふかし谷蟆《たにぐく》よわたくしの帰る村はあるのか
ひめゆりに流るるさ霧文明より運ばれて来し汚物かわれは
蛇苺、蚯蚓《みみず》、沢蟹、鳥の糞《ふん》——露ばかりなるわれの朝市
祭太鼓しきりに打ちてさびしかり南半球に人飢うるとぞ

大阪の夜空が遠く火照る夜は雨近からむ夜鷹来鳴ける
森出づるこの岨みちに霞網懸かりしむかし憂愁《うれひ》を知りぬ
水の辺に鳥獣虫魚待ちをれば膝しなやかにをみなご坐る
髑髏《されかうべ》さびしかるべしまなこより螢の湧ける夏の草叢
わが歌は輝ける他者やまももの実を食うべゐる家族《うから》も死者も

手紙

夏草にまろべばわれも露ならむくちなはのゆく昼のしづけさ
黄に熟れし青梅の実を見に行きし妻帰らずて螢湧き出づ
ひつそりと蟻の列つづく夏まひる逆立ちすればわれの影濃し
豁然《かつぜん》と枝差しのべし山の樹のみな動くなり霧走る日は
山の夜の最も短き朝明にてそら豆ほどの雨蛙来ぬ
少女《をとめ》らはわれを囲みてそよそよとほほゑみそよぐ夏北千里

微熱にてわれの睡れるかたはらに沸騰するや夜半の青沼
熱すこしさがりて眠るやすけさよ山家《さんか》の合歓は咲きてゐるらむ

葛城青し

夜の樹の梢を婆娑《ばさ》と降るけもの、前川佐美雄これの世になし
炎天にふつふつ湧ける憤怒かも歌びとの山葛城青し
飄飄と洒脱なりにし天才は生きなづみけむ空に夏花

先生を案内して、大峯山・山上ヶ嶽に登拝せしことあり。昭和二十九年八月。

あめつちの痙攣のごとくをかしがりわらひたまひしよ無意味なる物を
山上のわれの睡りのかたはらに眠らざる人ありて雲湧く
仰ぎ見る葛城《かづらき》青嶺《あをね》雲白く夏野を往けり君をしのびて
釉薬《うはぐすり》流るるごとき悲哀ありて佇ちつくすなり灼ける国原
杉枯葉踏みつつ行きて清水あり西行の後《のち》八百年経つ　壁

すつぱりとおのれ棄てよと言ひたまふ山もみぢせる水の響きに

春の雪

早春の陽の明るさに息絶ゆるけものをかこむ純白の雪
幻の砦となしし此の山の雪尾根行けばたちまち翁
国原に春の雪ふるおほかたは死にたる人と遠く眺むる
われよりもわれらしくある地下街の浮浪者のごと岩間に坐る
たれゆゑに奔る鬣《たてがみ》やまなみに春の霞はむらさきを曳く
しつとりと重たき雪を支ふべき青杉の枝、てにをはその他
いかほどの化粧《けはひ》もなさず葬《はふ》りたる母おもひをり雪の木の間に
山桜ことしも咲きて老ゆらむか杉の苗木を天《そら》に植ゑ来つ

牢

わが谷に新年《にひどし》の雲青透《す》けり春来る鬼と盃《はい》を交《か》はせば

雪の日の杉の木伐《き》れり頂上《いただき》にやさしき牢《らう》を作らむとして

裏山に登りて拝むしろがねの繭となりたる山上ヶ嶽　坂

今年また吉野を語り過ぐさむか吉野の人らわれを憎めど

水底にふかく沈みし新羅斧を紅葉《もみぢ》明るきゆふべ思へり　新羅斧

冬日差澄める飛鳥の山田道越ゆれば三輪の山に言問ふ

花骨牌

白き犬を森に放てばひぐれにもかへりきたらず山桜咲く

家持の聴きしうぐひすゆふかげのいよいよ青く時過ぎゆかむ

野も山も花咲きみちて小学校に上れる子らはますぐに並ぶ

花骨牌《はながるた》並べゐたればまつくらな夜空をわたる花の風あり

伐り株がをりをり人と見ゆる日よ谷をへだてし山の伐り跡

春山の尾根越ゆる人らゆらゆらと透きてしまへり父母《ちちはは》さへも

黒牛は遅れてくるやうら若き母在りし日の桜の園に

岩押して出でたるわれか満開の桜のしたにしばらく眩む

ひとすぢのひかりの帯を曳きて来るさくらはなびら杉の木の間に

紺青の血をまじへつつゆふぐれの樹液のぼりぬ喬き梢に

『太平記』ごつごつ詠《よ》むはこの森のキツツキならむ重き嘴

勾玉《まがたま》をいだけるわれは杣人《そま》なるやもゆらに照れる月読の杣

花の山の狼藉のあと沢蟹となりて歩めりまなこ濡れつつ

春の日の花に遊べば今生に逢ひたる人らみな花浴ぶる　崖の上に

崖の上にほんのしばらく繭のごと棲まはせてもらふと四方《よも》を拝めり

空の遊園地

黄緑《わうりよく》の靄かかりたる向つ嶺《ね》に山姥のゐて青葉を翻《かへ》す

さびしくて白夜のごとく明けやすし森の樹木を伐《こ》りゐしは昨夜《きそ》

ぬばたまの若葉の闇をぬけて来しおほみづあをは前額《ぬか》にとまりぬ

朝戸出のわれの門口《かどぐち》塞ぎをるやさしき蟇《ひき》は地に蹲る

遊園地若葉の空にあるごとし記憶はなべてこはれゆきつつ

沐浴

をりをりはまなこかすみてゐたれども悪党一騎われを見捨てず

真つ青な太陽わたる森の奥わが罪状の朗読つづく

透明な朝のひかりに来歴を書きあらたむる一日《ひとひ》一日を

立てる樹の洞《うろ》に睡れるけものらの昼のねむりの樹下《こした》をあゆむ

みなかみに音楽のごと湧き出づる血もありぬべし沐浴なさむ

ひたぶるに翁の舞を舞はむかな曼珠沙華の花飛び散らしつつ　火

翁さぶるわがかたはらに耳たてて海の野分を聴ける白犬

秋野

草の実のこぼれるごとくみな出でよ百骸九竅《ひやくがいきうけう》にひそむもののけ
秋ふかき地下の茶房にひつそりとパイプくゆらす永久《とは》の帰郷者
人みなのかへりゆくべき場所あらむ秋夕映に運河かがやく
少女子《をとめご》の残しゆきたる色鉛筆みな携へて秋野さまよふ

山道

山道に行きなづみをるこの翁たしかにわれかわからなくなる

青《せい》童《どう》子《じ》

完本　三三一五首

生贄

夜となりて雨降る山かくらやみに脚を伸ばせり川となるまで
腿長《ももなが》にいねて聴くべしこの山に父母在りし日の斧打つ谺
杉山に夕日あたりぬそのかみの蕩児のかへり待ちて降る雨
八月の朝明青竹伐りにけり盂蘭盆《うらぼん》の山竹の肌澄む
石地蔵を蒼き谷間へ投げ捨てし少年の日の夏の碧落
あやまちて山畑の畔《くろ》に植ゑたりし合歓の木すでに五十歳越ゆ
斧もちて合歓の樹下《こした》に茫然と佇みしこといくたびならむ
うすべにの合歓咲き出でてかなかなの声の潮《うしほ》に気狂ひし夏
炎天に峯入りの行者つづく昼山の女神《めがみ》を草に組み伏す
ひだる神をのがるるすべもあらじかし草の実のごとくとり憑く飢渇
となふれば陀羅尼の響く磐座《いはくら》かこの夕雲のくれなゐを飛ぶ

熊野びと・中上健次氏を悼みて　二首

今年、「俳句」の鼎談で、岡井隆氏をまじへて毎月会つてゐたが——
（平成四年・一九九二）。

『千年の愉樂』をわれに手渡してあばよと逝きぬいたづらつぽく

死の淵をかたはらにして定型のマレビトよきみ野球帽まぶか

吾亦紅くれなゐふかし刺客らの濃き陰翳《かげ》見えて花野にまぎる

秋の日の障子を貼りて昼寝《ひるい》せり国栖びと漉きし紙のきりぎし

栗の実のはぜて落つれば栗茶粥炊きてくだされ山姥御前

山畑の土を耕しこともなく老いゆく日日を晩年とせむ

すんすんと天上朱く彩れる曼珠沙華生ふる吊尾根の径《みち》

わたくしに似し浮浪者の横たはる天王寺駅つつしみあゆむ

これやこの往くも還るも秋日中睡れる汚物われの生贄

聖と俗入りまじりつつ秋の日の日照雨《そばへ》明るき国原過ぎつ

薬水《くすりみづ》・福神《ふくがみ》・大阿太《おほあだ》過ぎたれば下市口《しもいちぐち》を乗り越すなゆめ

喪ひし山幸の鉤――紺青の秋山並に帆柱ひかる

昼臥《ひるぶし》を覚むればすでに夕焼けて聖者らはみな山下りけむ

これの世に愉しみ少なくなりぬれば空想なすや王たりし日を

ひつそりと山道よぎる雉尾羽根炎のごとし、性《せい》欲過ぎゆかむ

山住みの無念を知れとうろこ雲われの障子に燃えうつりきぬ

死なせたるみやま鍬形《くはがた》虫秋の日の木斛《もくこく》の木のしたに埋めつ

昼臥《ひるぶし》に見る夢あはれたかぶりし女神《めがみ》のあぐる声に覚むれば

萩に照る月の出おそしあくがるる晩年にこそ神隠し来《こ》め

黄昏の種子

夕焼けてまなくふりくる山の雪やまなみの藍溶かしつつくる

雪やみし山の夜空に含羞の星よみがへる静けさにゐつ

鳥けもの食《くら》ひくらひて年長《た》けしわがうつしみをいとふ雪の上
むらさきの血潮まじれる川見えてきりぎしの家にわれはかへらむ
山姥を斬り殺さむと磨きたる昨夜《きそ》の斧はや錆を噴くかな
播かざりし穀物の種子朽ちはつるこの地下倉に差す雪あかり
ひしひしと球根の芽のひかりをる雪くるまへの納屋にこもりつ
杉落葉あかきたそがれフォークナーの村を過ぎたるわれならなくに
くるしみて棄てし故郷に種子播きて胎蔵界のふかきしづもり
戦争に敗れてはやも五十年滅びしものをしかとこそ見め
インディアンを狩るごとくせず植民地のこの島国に物溢れしむ
糞《ふん》撒きて華やぐ金魚ひらひらと群れて競ひてたのしきごとし
濁りたる運河の水の滑りゆく冬のゆふべとなりにけるかも
そそり立つビルの窓みな夕映えて家族へかへる人を見送る

いくつかの煩悩寄りて孤独なる樹となりつらむ枝をひろげて
風船となりて漂ふ乳いろのコンドームこそ春いかのぼり
街なかの高みに睡る旅人よいま紺青に熟れゆく狂気
この山に人ひとりをらぬその日にも木木の梢に冬のひかりあれ
かの嶺の岩炎えて飛ぶゆふまぐれ女神《めがみ》のほとに種子をこぼしつ
ふるさとが見えなくなりて日日経つつわれの咳声《しはぶき》山にひびきつ
鶸《ひは》、小雀《こがら》あそべる枝の雪消えて執着をせしこともまぼろし
音もなく朝空わたる自転車の銀のひかりは引窓に差す
福寿草黄に咲きつづく山道の斑雪《はだれ》を踏みて血縁棄てつ
杉山の雪ふみゆけばたそがれに菜の花の村ありしよ、母よ
山姥の垂れし乳房にきらめける霧氷を吸ひて日脚延びゆく
古国《ふるくに》の昼をあかるくふる雪のふりつもるまの異境なるべし

白光

さくら咲くゆふべとなれりやまなみにをみなのあはれながくたなびく
わが死せむ日にも鳴るべしガムランの音楽聴きて夜明けを眠る
郷愁の涯よりきたる黒牛の昼の涎はますぐに垂るる
春の野の花の蜜吸ひゐたれどもひらひらとして光となりぬ
晩年は放浪せむと古妻《ふるづま》にまた告げにつつさくら咲くなり
かぎりなく遠くはなれて見ゆるもの世にありぬべしさびしかれども
荒荒しく家とどろかし帰りくる春のむささび不作法な奴
抜き胴の冴ゆる少年に黒光る胴撃たせつつ性にめざめき
飽くるなく富士山のみを描きゐし晩年の土牛孤独なりけむ
花むらをわたれる風のはらわたのくれなゐありてわが枝たゆし
人間のいとなむことの大方は愚かに見えて花に見惚るる

ブランデーを提げて来にけり母の愛《め》でし森の桜は老木《おいき》となりて
恍惚と花咲きみちて暮れゆかぬさくらの幹をわれは擁《いだ》きつ
人知れず咲くやまざくら見惚れつつ木樵《きこり》のひとよかなしまざらむ
青杉の斜面を曳きて白光《びやくくわう》のこずゑの花はわれを死なしむ
魔羅出して山の女神《めがみ》に媚びたりし翁の墓に花を捧げむ
父よ父よ、われらはつねに孤獨にて王者のごとく森の胡坐居《あぐらゐ》
魔女ランダ春の津波に乗りてこむ斧ひらめかせ幹打ちをれば
酔《ゑ》ひ痴れて花に踊れば車座の半裸の人ら身を揺り囃《はや》す
山霊を迎ふるごとく土蜘蛛ら口鼓《くちつづみ》鳴らす—ケチャ・ケチャ・ケチャ・ケチャ
われらみなトランスに入りてしまひしか咒言《じゆごん》のはての春のくさむら
青杉の苗木を植ゑし春の日の永かりしかな童貞の歳月
負けるのをおそれざりしといふ力士、うまく詠むなといましむるわれ

若花田優勝

朴《ほほ》の葉の鮓をつくりて待ちくるる武蔵村山かなしかるべし　司修氏に
母に抱かれガムラン聴きしとおもふまでガムランかなし熱帯の島の
息苦しき時移りなば花虻はひかりの芯にながくとどまる
年ごとにわが老見えて紅霞《べにがすみ》春のねむりの奥《おき》にただよふ
杉山に春のひかりのながれをり死後の時間はゆるやかならむ
食らひたる春の霞の暈《かさ》なれや浅葱《あさぎ》の空をわたる虹見ゆ

棘

麦秋も死語となりしか孑孑の浮きしづみするながき夕映
貞操帯に黄金の棘ありしかな日輪のぼる朝の杉山
熱帯の島の王宮に、王と王妃の遺品ありしを思ひ出でて――
日常がそのまま祭　朝《あした》よりわれ立ち舞はむ夏草のなか
父の骨を撒きたる山か花むらに五月の雪はふりしきるなり

にらみあふ蟇《ひき》かさなりて尾根こえに虹かかりをりかすかに惚《ほう》く

ぼろぼろの鎧をつけてあゆみけむ韻律のゆくあをきやまなみ

てらてらと若葉照る日や復讐をこばみし神の貌《かほ》も知らなく

薔薇の根のパイプの壺をほじくりて短き夜の滓《かす》見つ

黒南風《くろはえ》の嶺づたひくる弱法師のしろがねの杖われに近づく

木がくれにいましばらくは憩ふべし国乱るれば黄金《くがね》花咲く

山霧のうごかぬひと日渾沌とわれ坐しをりき森の胡坐居《あぐらゐ》

人間のつひに亡びる日をおもひあづきのたねを斜面に播けり

月山の雪嶺照りて紅刷けり茂吉のつむりまぶしみをれば

みちのく行七首

祀られし極楽といふ古バケツ茂吉山人の地獄あふれて

極楽は茂吉愛用の溲瓶。

おそるべき南蛮燻しみちのくの出羽三山に吉野びとわれ

羽黒山の山伏が着る碁盤縞バリ島にみしケチャの人らの

雪ふかき湯殿の山をくだりきて芽吹きの村に即身仏見つ

みちのくの人ら黙して物食むを目守りゐたればわれは旅人

惚《ほう》けゆけ蒼穹までも惚けゆけ、雪の月山とほく輝く

山姥がわれにたまひし非時香菓《ときじくのかくのこのみ》に酔はむとすらむ

褻《け》の日日をそのまま晴となしゆけば青嶺《あをね》を出でて鳴くほととぎす

かきつばた沼をかこめりかたはらにカスバの女死にたしといふ

街なかの堀江を溯《のぼ》る朝舟のモーターの音われにしたしも

雨雲の明るむ山にひぐらしの声ふえてゆき蟇《ひき》となりゐつ

ゆふぞらに合歓の花咲くいつとなく老いそめたれば花をみあぐる

山住みのさびしさみえて眞夏夜の嶺かけわたす乳の道《ミルキーウエイ》

永遠の非時間のそら鳴きわたるほととぎす見ゆ銀河に映えて

白桃《しらもも》は木に熟れゆかむほととぎす星のひかりとなりてしまひぬ

童子

いましばし世を捨てざらむ甘き果汁指にねばりぬ二十世紀梨
秋の日のくれぐれわたる鳥みえてひとおもふこころ空に滲める
演技みせぬ笠智衆うつるしばらくは芸の素直に五体くつろぐ
こともなく老いたるひとのかたはらにわれは素直にならむとすらむ
崖の上にまづいろづきし柿落葉愛《め》でゐし妻はやがてねむりぬ
六百年のむかしに殺《と》りし青年の生首匂ふ草のもみぢに
神童子《じんどうじ》の谿に迷ひてかへらざる人ありしかな　鹿ありしかな
吉野大峯の山上ケ嶽、大普賢嶽、行者還嶽に囲まれた溪谷
曼珠沙華のひとたば活けてねむりなむながき夢見のつづくねむりを
秋空のあけびを食《は》めり落人《おちうど》のひもじさありてあけびを食めり
紺青は刺客の時間うらわかき秋の檜に斧入るるかな

楠の木に黒潮の風さやぎつつ熊楠の家の樹下にいこへる　紀の国行十一首

日高川のみなかみにして杉青き龍神村に子らの声澄む

世を拗ねし剣客盲《めし》ひこの水に養ひにけむくらきまなこを　『大菩薩峠』

龍神に手漉きの紙を漉きゐたる髭の青年とその妻あはれ　龍神の芸術村にて

柿の渋塗りて作れる紙漉きの工房の異臭に耐へてさびしむ

龍神村の土になじみてこの村の訓導となりてゐしやもしれず

熊楠の庭池にをりしかの亀をおもひいでつつ山の湯につかる

龍神より高野《かうや》に至る護摩壇《ごまだん》山の尾根づたひきてつるぎを捨てつ

友らみな遠く去りたり深谷をへだてて拝む立里《たてり》荒神

巡礼のふところ掠めこし風かやまなみあをく読経《どきやう》をすらむ

ぶなの木の南限の尾根、つたなかる木こりの裔《すゑ》は高野にたどる

歌詠みのほか用なきと知れれども賢き人のごとく講ずる

栃の実を拾へる童子を見張りをるけもののけはひ、紺青の時間《とき》
影武者のつとめはとうにをはりしにもみぢを踏めば貴種のごとしも
吉野の山奥に潜んでゐた南朝の皇子・自天王には、
いつも影武者が付き添うてゐたといふ。
戸口にてしばらくわれは佇めり歌うたひゐる夜半の山姥
年ごとに栃餅をくれしかの媼かすかに惚《ほう》け夜の山ゆくと
母恋ひてここに来つれど谿ふかく天《てん》の川の水流れをるのみ
紅葉のけやき林にかへりこしつぐみのむれにまじり入りたし
山ふかき聖のごとく川魚をむさぼりにけり窓ゆふぐれて
夢のごと火はもえてをり森ふかく童子のわれのさまよへる秋

素　心

ひととせはわれのゆかざる土蔵《つちぐら》に立春の朝豆撒きにける
蓮華田のそらにつづける春の野をへだつるごとく夜の雪ふる

歌詠みて世すぎをなせど春立てば税務署はわれを呼び出したまふ
ほのぼのと春の夜明けをふりそめし雪にたかぶる菩薩ゐるべし
雪のこる谷間にゆきて明るめりおほよそはみな終はりしかなや
のびやかにうたひたまへよ、もとよりは木こりのなれに棄つるものなく
いさをしのなにもなければ雪のこる谷間の水に矢立《やたて》を洗ふ
雪しづくきらめき落つる木《こ》のまゆきわれをいざなふ夢あらばあれ
病みふさばいかにすべけむ山びとは町の病院にみなみまかりぬ
をみなごのしろはぎにこそ堕ちたりしか山住みの仙の後をあはれむ　　久米仙人
前妻《こなみ》より後妻《うはなり》に甘きをわかたむとうたひし者ら山に住みきと　　久米歌
ゐゐ　しやごしや　ああ　しやごしや　とぞはやしけむ無頼の祖《おや》をわれは羨しむ
ふるき世の倭歌《やまとうた》こそわれの血を荒ぶるものか口ひびくなり
いまははやたのしきことの淡くしてイースター島の石人恋ふる

あはれあはれ　王のしるしの何あらむ全天星座刺客となせど
いづこにもまことはなきと知れれども春尾根越えに子らの声すも
かへりなむいざ、黒牛のどつしりと春田を鋤《す》ける歩みに追《つ》きて
春鳥のさへづる園に遊びけむ草穂を抜けばぢぢばばへのこ
蓮華田にそひて山すそくだりきつこのさびしさのはじまり知らず
野をめぐる電車はいそぎ過ぐれどもわが待つ駅にとまることなし
碧玉の森のすだまとあそびたるながきひと日の夕暮かなし
春山にパイプくゆらせ坐しをれば雨きたるらし近山けぶる
わが犬は悪しき犬なり山行ける主人《あるじ》を捨てて村をうろつく
飼犬は主人に似るとのたまへる古妻けふも犬曳きて出づ
颯爽と鬣《たてがみ》ゆたにさきがけしかの馬きかずいさぎよかりし
潔癖につとめにはげむ長《をさ》の子の疲れは癒えよさくら咲くなり

往きてかへるくるしみなれや春畑《はるばた》にひかりをはじき硬き虫来つ
遠ざかりゆく娘《こ》とおもへ菜の花のなだりにむかひガムラン聴けり
さなきだにやさしむものを桃の花照りあふかなた川流れくる
舞ふごとく巡礼のゆく春の日のかすめる尾根を窓は嵌《は》めをり

ありとおもへず

木木の芽をぬらして春の雨ふれりそれ以上のことありとおもへず
死にざまをさらにおもはじ咲きみちてさくらの花もゆふやみとなる
こともなく崩れてゆける夕雲のカテドラルたかしひとを恋ふれば
かぎりなく会陰《ゑいん》をわたる星ありてねむりのはてをたづねあへなく
故郷《ふるさと》はかすみて見えず晩餐の灯し火あかく爛《ただ》れるまでは
夜明けなばやまなみなべておだやかにわれのねむりを見守りくれむ
むささびも夜明けをかへりねむりをらむ一つの屋根の下のどこかに

野に山に花咲きぬればいぶせしやいまだ性欲の涸れざるあかしか
梅の花散りて梢ぞさみどりの珠実《たまみ》をつけむまでのこずゑぞ
犯したきおもひなつかし山みづは花びらしろくうかべて流る
復《を》ち返《かへ》るゆめこそ聴かめ朴《ほほ》の木の芽吹のしたに立ちつくすなり
おほよそはコトバにあそぶものとしれ――しばらくたのし東京の夜は
広き野に篶ふかき家建てたらば座敷童子《ざしきわらし》のごとくこもらむ

大阪千里中央にて　三首

七階の窓ゆみおろすゆふぐれの若葉の沼となりにけるかも
白人と黄色き人の体臭のこもごも残るエレベーターに昇る
竹群にかこまれてゐる古沼は都市に在るゆゑ夜半にしづまる

男鹿半島のとある入江

耳のごとき入江ありけり駈落とふ古きことばをなつかしみをりき
学校をいとひてすぎし少年をゆるしたまひき奈良のほとけら

親子づれの乞食《こつじき》をりき竹細工・鰻をもちて門《かど》に立てりし

髯《ひげ》籠《こ》にぞ盛りあげたりし野の花を石となりゐる母に供へつ

たまゆらは虚空をわたるむささびよげに変身のけものの時間

菊水の旗なびきけむかの嶺を朝なゆふなに眺めて過ぎつ

悪党と呼ばれしものの裔《すゑ》ならむわたつみの香の髯にのこりて

大峯の蟻の門渡《とわたり》にいざなひし前川佐美雄なつかしきかな　山伏の行場

へなぶらずうたひこしかな今年竹皮ぬぎてゐるかたはら過ぎつ

新緑の湧きあがる森を出でてこし少年の悲哀いまだに熟れず

ゆらゆらと陽炎のごと過ぎゆける密告者ならむ萬緑の村

梅干のたね吐き棄つる春の日の忘却のへに狛犬のゐる

喪失は明るきものか陽《ひ》の照れる若葉の村に日の丸の旗

山道をつらなり走る山鳥のをさなき足はさみどりをふむ

貌

ゆうらりとわれをまねける山百合の夜半の花粉に貌《かほ》塗りつぶす
うつうつと鹿あゆみくる日盛りにうつくしきひと待ちしいくとせ
八月の野を灼きつくす日輪の滅びるまへに蝶を放てり
眞夜中に電車とまりてゐるごとしどこにもたひらなき場所なるに
ひと生まれひと死にゆかむ斜面にて八月の犬孕みゐるのか
金色の陽をはじきゐる巌《いは》のへに凌辱されし蒼穹まどろむ
伐採されし杉の木肌はつやめけりわが放蕩のはての明るさ
わかき日の狂気を祀れ、戦争に死なざりしわれ醜く老いつ
炎天を運ばれてきし野葡萄のつぶら実守《も》ればわれは眞清水
溪流にひぐらしの声ふりそそぎゆふやみの尾を曳きてかへらむ
槇山にふる夕立のしろがねをわが晩年の旗となさむか

八戸に生うにのわた啜りけり老いてさすらふ日は来りなむ　みちのく十首

襟の星もぎとりし日や五十年過ぎての後の眞夏の銀河　弘前に兵たりし日ありて

白神《しらがみ》の山出で来しか焼酎をあふりあふりてさびしげなりき　津軽書房主人

高校生のねぶたの列にたかぶれり戦争なき世をとどろく太鼓

ぴよこんと頭を下げて駈けゆきしねぶた少女よ人恋ひそめしか　T氏令嬢

太鼓うちてねぶたの列の過ぎゆけばみちのくの鬼われに寄り添ふ

津軽野の踊りの手ぶり昔むかし林檎の村の眞夜中に見き　艦砲射撃ありて避難せし夜

死ぬことのみ学びゐし日に聴きたりし津軽の旋律ガムランに似て

おしら神ならびて立てる山寺にほととぎす聴く土用入る日を　久度寺にて

白絹につつまれてある馬の首いたはりみつむ久度《くど》山寺《やまでら》に

半世紀過ぎたるかなや世を拗ねて夢まぼろしを食らひ来つれば

秋草の花咲きそめて戦ひに死にたる者の石灼けてをり

藤袴、桔梗《きちかう》摘まむ五十年忌法要なさむ野辺のすさびに

せむすべのわれにあらじなビルマにて戦死せし兄みほとけなれば

乞食《こつじき》もかなはざりせば年古りし檜の森を伐らむとぞする

虔十の死にたるのちぞ虔十の育てし木木は人憩はしむ　宮沢賢治『虔十公園林』

立秋の山の岩間によこたはり蟻くろく貌をあゆましめつつ

屍にいまだあらねば苦しかりこころはつねにノックしやまず

なめらかに巌《いはほ》をつたひますぐにぞ落ちたぎつ水の記憶純白

望郷

亡びたる国のあはれを知らざれば歌詠み捨つるみどり濃き日を

白馬江の川砂雨にけぶる日や萬葉の狂気いまだも覚めず　白村江

古国《ふるくに》の五月の雨に鳴きわたる郭公のこゑやさしかりけり　公州・武寧王陵

ハングルの文字になじめず手に重きカメラをさげて百済を歩む

米作る国のしたしさやや赤き土にも水はさみどりの嵩
物売れる人らよろしも扶余の街の市場の露地にうづくまるわれ
草餅をほほばりにつつ雨しぶく市場におもふ、国家とは何
子を負ひてなにか叫べるこの女まなこやさしき百済びとなり
桐の花むらさきふかしゆつくりと牛鋤けるみゆ東洋の時間を
いくたびもいづこの国と問はれたり――はてさてわれは倭《わ》の裔《すゑ》ならむ
故郷《ふるさと》は百済といへば胸あつし天若日子はかへりきたらず
もゆらなる天《あめ》の御統《みすまる》、葛城の高鴨の神海渡りしか　阿遲志貴高日子根神
どこにても日本人われ　うたひこし千三百年の呪縛ゆるびつ
近きゆゑ憎しむものか萬緑の雨に濡れたる山畑の埴《はに》
石の塔ひとつ残りてゐるのみの広き寺域を傘さしてゆく　扶余・定林寺
韓《から》の国にわれは遊べど心重し家並の棟のかすかなる反《そ》り

視るわれにまぐはひぞ良きチマ・チョゴリ燃ゆるをとめに若者ぞ添ふ
石ひとつ飛びもきたらぬ安けさにほろほろ酔へるわれならなくに
八拳《やつか》髯《ひげ》生へるも哭きしかの神の故郷《ふるさと》なりやわれも母恋ふ　須佐之男命
鼻毛抜き半島の地図に植ゑたれば慶州の夜のやまなみふかし
弓月の君ら住みけむ山か玉かぎるほのかにみえて人麻呂が妻　大和の弓月ヶ岳
鵲《かささぎ》はわれのつむりをくすぐりて王宮の池を越えむとすらむ　ソウル・景福宮
十二支の動物描けるTシャツのここちよき日をアカシヤ匂ふ
早苗田となりたる広野まかがやく水のひかりに明るき郷愁　公州・博物館
朝夕にキムチを食ひて口ひひく旅のうれひは妣《はは》が国恋ふ
甲高き声にて語る半島の濃き血をおもへ霧しまくなり
いそがしく近代化する野蛮さをかへりみてをり韓国《からくに》に来て
「鳳仙花」うたひてくれしをみなごの声消えゆけり水張田《みはりだ》の野に

血のいろの花群れてゐる村ありき一民族のはるけさおもへ
天上に岩浮きしとふ朴の花匂へる昼の彌陀に近づく　浮石寺にて
朴の葉はをりをり葉うらかへしつつひろがりゆかむ後十日ほど
をのこうたまたすたるるを嘆きたる虎の鉄幹明治の男
野遊びの媼ら踊る木むらにはほろほろ笑まふ母もゐるべし
年とればかくもよき顔天然にもどりてただに草生にをどる
どこの国も民衆はみな素直なりそのかなしみをたれかうたへよ
長鼓《チャンゴ》打ちチマ・チョゴリ着て舞はむかな恥ふかき国をしばしはなれて
黒牛のにれがみてゐる新羅なりまひるを憩ふやさしき父祖《おや》らも
南北に分断されし半島の五月の空を柳絮漂ふ
核査察こばめる北を憂ふなり韓《から》の昼酒身にしむものを
木の下に昼寝《ひるい》をなせる韓《から》の国の媼の顔の皺を愛しむ　海印寺にて

寝ぼとけとなりてまどろめいくさなき世のしばらくをふかくまどろめ
伽倻山に郭公鳴けりしづまりて大蔵経八万巻の量《かさ》
アリランに和して唄はむ行きずりの媼の髪にみどりの簪《かざし》
国敗れ飛鳥ぼとけに逢ひし日のくらき戦後をなつかしむかな
こころやさしき友らは死せり侵略の兵《いくさ》に死すとこともなくいふか
おもほえば戦争のなき歴史なく石窟《いはや》の彌陀にわがこころ和《な》ぐ　慶州・石窟庵
百済観音提げてゐたまふ水瓶《すいびやう》をあふれこぼるる春の日ありき　斑鳩・法隆寺
裏山の赤松の幹に西日差し石塔立ちて国忘れしむ　仏国寺にて
土の上に青梅落としかくれたる栗鼠あらはれず仏国寺の森
仏国寺の夕日の坂をくだりきて手のひらの瓜ほのかに照れる
オンドルの部屋に坐りて野草食む旅人なれば酔ひもこそすれ
わたつみにくれなゐの幡《はた》遠がすみ国亡びたるのちの海境《うなさか》

桜

さくら咲くゆふべの空のみづいろのくらくなるまで人をおもへり
しばらくは居眠りなしてすぐさむか八《や》つ峰《を》の椿つばらかに照る
春の日は百済ぼとけもほのぐらくみひらきたまへ国原《くにはら》ふかく
八百年むかしの人の苦しみををかしがりつつ花見るらむか
あはれあはれ去年《こぞ》の枝折《しをり》を尋ぬれば年ごとの花なべてあたらし
森のなかに青き沼あるよろこびを語りかたりていつしか翁
いくたびも歌のわかれをおもひつつ桜の花のしたをあゆみき
ふるくにのゆふべを匂ふ山桜わが殺《あや》めたるもののしづけさ
ことしまた梟啼きぬわたくしの生まれるまへの若葉の闇に

大阪千里中央のホテルにて　四首

モノレールしづかに春の空走るまぶしき朝をしばしまどろむ

モノレールに乗りてみたしとおもひつつはや二年ほど過ぎてしまひぬ
噴水のいただき炎ゆる夕まぐれモノレールたかく空を横切る
灯《ひ》ともしてモノレール空をかへれどもなつかしき死者ら降りてきたらず
わが庭に斑雪《はだれ》はふりて初午《はつうま》の餅撒きすらし吾の古妻《ふるづま》
白き犬を連れて歩める吾が妻もいけにへならむ山の斜面《なだり》の
山暮らしいまだも棄てぬ古妻の華やぐらむかみ輿登り来《く》
いまだ娶らぬ長《をさ》の子と並び眠るなり梅ましろなる春の夜寒く

かねてより「樹下山人」といふペンネームがあつた。はたして誰のものだつたのか――。

樹下山人ふたたびわれをうたはせよ木木の梢に花咲きみつるを
いくたびも欠伸をなして花に臥す春の狼の命終《をはり》見とどけむ
花盛りの森のひぐれをかへり来《こ》し山人《やまびと》の息しばらく乱る

翁童界

枯山《からやま》の林に春の雪のこり谷をへだてわれはまぶしむ

山が鳴る春一番のことし早し削りし木屑しろきゆふぐれ

一山《いつさん》の木木揺れさわぐきさらぎの南の風に押されて歩む

春山となりゆくまでの寒き日をいづこにゆきて人をおもはむ

歌よみ既に訖《をは》りて、すなはち口を打ちて以て仰ぎて咲《わら》ふ。「日本書紀」

天を仰ぎ口唇《くち》撃ち鳴らすわざをぎをふと眞似てみむ赤岩過ぎて

山姥のほとの匂へり少年の眠れる夜半を木木は芽吹かむ

凍雪《いてゆき》となりてしまひし山の灯に『悲しき熱帯』また読みたどる

あはあはと雪ふりつもる三月の山にこもらば角《つの》生えいでむ

木木の芽に霰《あられ》散るなり片仮名のエコロジーなどまなく癈れむ

近刊の歌集あまたを読みをれば黄砂の風の森にざわめく

われをにくむ一人だになき静けさに枯草を焼く山の天《そら》焼く

念入りにペニスケースを作りけむ熱帯樹林に女神《かみ》いましけむ

稲妻は針葉樹林にひらめきてよすがらわれに刺青《いれずみ》なせり

麦の穂のみどりしたたりあかがねの父のつむりを憎しみしこと

若き日にわれの植ゑたる杉檜春風まとふ森となりゐつ

少年のペニスの鞘の華麗なる森のゆふべに翁舞ふらむ

桜咲く日の森くらし染斑《しみ》噴きてまなこかすめる華やぎならむ

羊歯群るる森の巌《いはほ》に髪梳るわがをさな妻攫はれにけむ

いつまでも成熟なさぬわが青をしぼりしぼりて春の黒森

紫の紫雲英《れんげ》の原の縁行けり見はてぬ夢を童子歩めり

流《る》轉《てん》抄

一五六首

I

形　象

夜の庭の木斛《もくこく》の木に啼くよだか闇蒼くしてわたくし見えず
風かよふ山の窪みの波立つはわが忘却のかたちなるべし
青空のふかき一日ことばみな忘れてしまひ青草を刈る
しづかなる宥《ゆる》しなるべし立枯れし杉の木明るく夕日に映ゆる
キツツキは今朝も穿《うが》てり幼年の記憶の樹液滲み出るまで

声のはろけさ

山人《やまびと》とわが名呼ばれむ万緑のひかりの滝にながく漂ふ
花吹雪夜空わたるやなかぞらに目合《まぐあひ》なせる風ありしこと
万緑の水の下降《かかう》に叫ばむか丹塗矢《にぬりや》となる魚《うを》を放ちて
夜もすがら山の樹走り伝説のをみなごをみな失ひし戦後

あな！　といふ声のはろけさ――うつしみのずり落ちてゆく虚空きらめき

梢

さびしかりしわが壮年期しなやかに揺りあげくれし梢《うれ》のかなしさ

緑色の山繭のまゆ編まれをる雨夜を醒めて過去世《くわこぜ》おもへり

――テレビ「真珠の小箱」で、わたしの短歌を、娘・いつみはうたつてくれた。吉野黒滝村の小南峠の森の中にて――。

あがために歌をうたひてくれし娘《こ》も遠ざかりゆく都市のまぼろし

しののめの星宿いたくかたむけり山脈《やまなみ》はいま蒼きわが胸

ほのかなる山姥となりしわが妻と秋咲く花のたねを蒔くなり

われらせし最《もと》も苦しき戦の忘られし世のバスに乗り来つ

無頼

雹《ひよう》降れり樹下山人《じゆかさんじん》の禿頭はげしく撃ちて雹は弾めり

国原に冬日明るし見ることのかなしみ見えてやまなみめぐる

空の裂け目から

永遠といふ観念を蹴あぐれば美濃の喪山《もやま》のあたりに飛ばむ

わかき日は駱駝を欲しとおもひしにやさしき瘤のごとくに老いぬ
ひつそりと蕩児のかへる朝ならむ明るき雪のふれる杉山　雪降る杉
こころどは杢目《もくめ》のごとき地模様に柾目《まさめ》のごとき感情奔《はし》る

岩

山上の巌《いはほ》に夜半の雪つむをわが晩年の情熱とせむ
国原に春の雪ふりいつしらにかすかとなれりわれの性欲
檜《ひ》の山にくれなゐの雪ふりしきりわが錬金の時間《とき》のたかぶり
うつとりと衰へてゆくわがをのこかかはりもなく木に花咲きて
憂鬱な天使のために星々のひかりの紐を結ばむとする
死ぬほどの恋もなさずて歌などを詠みゐたるわれは何者なるや
黄金の奴隷ひとりを匿したるかの城遠く過ぎし歳月《としつき》
　　あをあらし

かぎりなくやさしく生きよ山ふかく朴《ほほ》の芽吹きをひと日見守《まも》りぬ
人恋ふればひと生《よ》みじかしかしはばら吹きおろしくるこの青嵐《あをあらし》
昨夜《きそ》見たるわがデスマスクみおろせる夜明けの沼の静かなるかな
秋立つと斧ひとふりを子午線にたかくかざしぬ人を恋ふれば　刃物
山里の空にかがやきうかびゐる蜻蛉《せいれい》朱《あか》し、空すこし老ゆ
白菜を積みて過ぎゆく一輪車しぐるる山をゆくゴムぐるま　収穫
雪のくるまへの静けさ収穫のなき杣人《そまびと》に太鼓響み来《く》

五月の雪

歌集『鳥獣蟲魚』にて第四回斎藤茂吉短歌文学賞を戴く。平成五年五月。

「死にたまふ母」みとりけむ内土蔵《うちぐら》の仏壇のまへにしばらく居りき
五月の雪またあらたなる月山の白くひかりて旅ゆくわれか
日もすがら赤銅《あかがね》の巌濡らしをる湯の湧き出でてみほとなるべし　湯殿山のご神体

碧玉

春がすみ曳く鼓笛隊ゆくりなくわれの記憶の鼓膜ゆさぶる
無意識の濃くたなびくや春の日のさくら花びら土に舞ひたつ
あはれながき夢見なりしか春山に時とどまりてわれは過ぎゆく
春の家族《うから》みな家出でて森閑と家霊のごとく猫の眼ひかる
雨となり野は碧玉となりゆかむことばすくなく家出でて来し
閉ぢこめむ春の魑魅《すだま》はさやぐなり晩年の牢屋《ひとや》明るく透きて
昏れゆかぬゆふぐれながしかたちなき無上仏《むじやうぼとけ》はまなこつむれるや
親鸞『末灯鈔』
てのひらにのせていとしまむ木仏《きぼとけ》を彫《ゑ》りはじめたり桜咲く日に
肉太にひと恋ふる歌書きをれば怒濤となりぬ春のやまなみ
世をうとみ山にかへれば勾玉のごとくに屈み睡りゐる妻
紅葉《こうえふ》のまじりて炎ゆる梢にて羞《はづか》しきことさへづりしのち　年たけて

つるりんだうの朱実を分けてゆくけもの落人とこそひとは見つらめ

II

引窓の下

地震《なゐ》すぎてふかまる霜夜いつの世に隠れしわれか天《あめ》のみすまる
霰ふり白き猪《ゐ》きたる時ならむ父のかたみの銃磨きをれば
たかぶりて霰ふるなりほろほろとわれを舞はしむる傀儡師《くぐつ》ゐるべし
木々病める森出でて来し白き猪を父とおもへばさびしかりけり

花の山

さくら咲く夕ぐれ青しもの言へばこぼるるものをとどめあへなく
水湧ける赤岩のへに憩ふべし歴史はつねにうたはざりしか
天誅組の敗れたどりし白屋《しらや》越《ごえ》脚おとろへてなづみかゆかむ

音たてて山をわたれる春風にもののふのごとかなしび添へつ
花の山にひと群れつどひ来つれども村人はみな山畑にゐる
尾根ふたつへだててをれば吉野山ながきいくさも花もまぼろし
無上仏はいかなるほとけよこたはる春あけぼのの臥床《ふしど》に目覚む

変　身

オホミヅアヲひそかにとまる朝明にてさみどりの谷さみどりの繭
ユーカラをうたひてをればいちめんの谷間の胡蝶花《しゃが》は翔びたたむとす
変身の時いたれるや茫々と国原はいま繭のごとしも

オホミヅアヲはヤママユ蛾の類、翅は淡青緑色。

夏の巌

しののめにたかぶりおもふこの山を捨つる日おもふ、かなかな潮《うしほ》
やまなみは沸きたつごとし黎明のかなかなのこゐ樹に直《す》立ちて
全山をゆるがせて鳴くかなかなよ星のひかりを消してゆくのか

山百合の花粉にまみれし腕《かひな》もて夏の巌《いはほ》を押してみるかな

ああすでにわれは童子か百雷《ひやくらい》のひそめる嶺の紺青に坐す

臭韮一本

日もすがら魑魅《すだま》こめたる山苞を霰の山に捨てて来にけり

いつまでもわれにつきくる悪霊に臭韮《かみら》一本《ひともと》投げむとぞする

大いなる暗喩なるべし日の照れる緑金《りよくきん》の森ゆ人出で来るは

しかすがに山にこもれば荒き血のおらびをこめて風渡るなり

削ぎ立てる巌《いはほ》をつたふ雫よりわが苦しみのゆふべかがやく　雫

あかがねのわれの頭《つむり》に霜降りて神代がたりの夜半のしろがね

近山しろし

空洞《うろ》ふかき榎の木に巻ける標縄の紙しろくして人も老いゆく

いにしへの行者ら越えしこの坂を人殺しらも過ぎゆきにけむ

花咲ける非在の村をめぐりきて枯草に臥す昼の猪

ふるゆきに近山しろし山の神ををみなと言ひし人のかなしさ

この山をのがれむとおもふ猪にやさしくしろく春の雪ふる

涌きあがる雲雀のひなはつぎつぎに水無月の空の声となりゆく

古国

祝祭の可憐なるかな懸命に羽根ふるはせて中空《なかぞら》にゐる

足摺行

わが生既に蹉跎たり『徒然草』

あしたより海原を往く舟みえて旅のうれひをあらたにせむか

足摺の夜の闇ふかし確実にわれに来てゐる老かがやかむ

われもまた流人なるべし潮風に椿の花の赤きを見れば

クマリの館

処女神クマリ、今も王宮近くの館に忌みこもれり。

悠久の時間を買へよ、さざなみのペワ湖の水に舟をうかべつ

人も牛も土埃するネパールの座敷わらしにまみえむとする
初潮までふるき館《やかた》に囚はるる童女は森の青き杏子《からもも》
クマリ棲む館出づれば人群れて旅には棄てつ時間の核《さね》を

流　転

火のごとく雉歩みをり村ひとつ無くなりゆかむ昼の静けさ
山住みのこの単純に歌あれと野花の蝶を空にばら撒く
しばらくは留守になるぞと言ひおかむ、夜の猪　昼の郵便
咳声《しはぶき》の父に似つれば狼の過ぎたるあとか草みなそよぐ
くさむらに梅干のたね吐き棄てつかかる孤独なるしぐさも愛《エロス》
とどまれよまひまひつぶり揺れやまぬ樹木の枝のさみどりの芽に
死はとほくかがやきてをれ杉花粉ゆふべの靄となりて降りくる
かたはらにサリンをいだき睡りゐる若者と行く春の地下道

卑し卑し、王のむらさき新緑の野を運ばれて五月となれり　オウム真理教の尊師捕へられる

崇神

ここにきて二十年過ぐ流れゆくニセアカシアの絮綿《わた》かぎりなし
昨夜《きそ》われと死後を語りし竹群はあしたの池をやさしく抱けり
山若葉なだるるごとく春蟬のしき鳴くまひる魂《たま》重かりき
崇神たたりたまふな春の夜に杉箸割りて物食めるかな
春がすみふかきかなたに都市ありと人散りゆけりげんげ田暮れて
くわくこうのこゑにまじりてほととぎす鳴きやまぬ日のふるづまに触る

村暮るるまで

麦秋の野を割りゆける電車にて暗殺者きみたれよりもやさし
星々の雫を享《う》けて熟れてゆく白桃《しらもも》ありき人に知らゆな
天《あめ》の魚《うを》の胸裂きゆけり谷川の螢の灯す死者の碧玉

朴《ほほ》の葉に山繭盛りて祀りけり死支度など忘れて久し
ビルマにて死にたる兄の墓洗ふわが子らにそれははじめから石
くわくこうの声とどまれよ万緑の野に夕映ゆる村暮るるまで

III

瑞穂の国

敷栲《しきたへ》の布ひるがへしゆくひとの秋さりぬべしビルの林に
秋空にうつくしきビルまたひとつ聳《そび》えしゆふべ雲焼けただる

息

木枯にみがかれし光やや乱るる星ぞらのしたに息ととのへつ
冬に入る星ぞら冴えてわかき日の世界内面空間匂ふ
みささぎに佇みをれば村雀かたまり落ちて枯野はありき　長屋王の墓にて

青墨《あをずみ》の雪雲重しかへるさに平群《へぐり》と呼べば冬に入るらし　伝承
木々はみな冬の樹液を上げをらむ、ああ　孤独なり愛することは
岩間より冬の清水の湧ける見ゆ神亡びたるのちと知れれど
帆船のつねにし泊《は》つる岬あり娶りしのちは見えなくなりぬ

モノレール

目玉焼二つ食うべてモノレール陽を横切れり午前十一時　大阪千里阪急ホテルにて
モノレール空に灯ともし過ぐるとき孤りの夕餉硝子戸のなか

ひよつとこの面

あしひきの山にかへりて火を焚けば鳥けものらも力づくべし
かくれ里かへりみすれば茫々と草木繁りて故郷《ふるさと》に似つ
すこしづつ惚《ほほ》けてゆかむ花鳥《はなとり》の時間を食べて惚けてゆかむ
きらきらと野をころび来し雪だるま夢の縁《ふち》にてふと止《とど》まりぬ

古き代の神の怒りを恋ひをればまだ熱き血のみなぎるものを
ひよつとこの面付けてわれ踊らむか大年の夜の炎のめぐり
山姥の湯気噴く鍋に骨ありて澄みとほる雪の日の詠唱《アリア》
老いづきて山家《やまが》を棄てし昔男いづこの国に斧忘れしか
森に入り年送らむか岩のごと老いたる鷲の風を待つ森

南島即事

瑠璃の海に刳舟うかべわたる日の雄ごころや島はつねにまぼろし
たゆみなく岩を洗へる波の上に骨積まれたる春の刳舟
縄文のあはれはいまにつづけるとおもろの歌をわれ読みなづむ
年たけて明るき狂気、帆船の帆は傾《かし》ぎつつ世界を照らす
はたた神鳴りとよみをり久高島の御嶽《うたき》の繁みわれを拒めり
殺戮はいまも続けり珊瑚礁砂となりゆくわれの脳《なづき》に

われの手をにぎりて睡るをみなごに癒されてをり潮満つる刻　わが娘・いつみ
椰子の実の汁吸ひをれば幾万の兵餓ゑしこといつまでも昨夜《きそ》
歳月は津波のごとしものなべて攫ひてゆきしのちの歳月
潤浸《うりずん》の風に吹かれてもののもへば老いてゆくことたのしく思ほゆ

王権

さくらさくら日本の野に咲き満ちてわれをいぢめる人らやさしも
花見する群衆にまじり物食めり家畜のごとくみだらとなりて
祖父《おほちち》も憑かれたまひし奥山のひだる神ねむるくさむらに入る　道
若葉濃くなりて重たき夢の縁《へり》素直にあれよあかねさす昼を
冬の日に盛りあがり照りて宇智の野のほとのごとしも浮田の杜《もり》は　旗

反響

夏草のはやたけだけし緑青《ろくしやう》を噴くあめつちに蟇《ひき》は動かず

襲ひくる青葉の量《かさ》よくさむらに寝ころびをれば羽化はじまらむ
つゆ明くる山のゆふべに合歓《ねむ》咲きてかなかな数千《すせん》われを死なしめむ
かなかなの声のうしほよたそがれて李《すもも》の核《たね》の硬きを吐けり
怒ること忘れし鬼のかへりゆくかなかなの潮《しほ》沸き立つ青嶺《あをね》
狩られゆく魑魅《すだま》たかぶる　うら盆の夜の鎮守に太鼓を打てば
夜の森に太鼓を打てり満ちきつる闇蒼くして無頼を打てり
空わたる鳥灼けをらむ　草の上に置かれし斧も血まみれならむ
亡びゆく国のはたてに蹲る蟇《ひき》引き連れて真夏の無頼
翡翠《かはせみ》の巣穴をながく目守りゐて夕闇を曳く川となりたり

鳥總立《とぶさだて》

抄　一六三首

春の山

百合峠越え来しまひるどの地図もその空間をいまだに知らず
わが打ちし面をかむりてねむりたり天窓のひかり白絹のごと
竹槍を投げてきにけり春がすみ記憶のめぐり包みたる日に
乳色のふくらみゆくや頭《づ》のなかの春といふべき球体ありて
日もすがら幹叩きをれ目にみえぬ虫這ひ出づる木は孤独なる
なんとなく春風過ぎる日のひかり生まれるまへを照らしゐるなり
紅梅の一枝《いっし》を剪《き》りてかへるべし山かげの雪踏みしめながら
春の日のわれの記憶をついばめるキツツキよたかくしばらく休め
ロッカーに入れたるままに忘れゐし蛤などをおもふ春の夜
木のうれに百鳥《ももどり》啼けり暗殺者ひしめきつどふさくらの下に
花咲ける山に造りしまぼろしの牢ゆるやかにわれを入れしむ

さくらさくら二度のわらしとなりゆくや春やまかぜに吹かれふかれて

さわらびを摘みてかへれば草の上に抱けといふなり春の入日は

春風は焚火の炎あふれども人間ひとりを焼くに至らず

さしてゆく洋傘に降りし花びらを重しとおもふ職もたぬわれ

シュウクリーム

しんしんと雪ふりつもる春の夜にシュウクリームのごとをみなご睡る

紙障子張り替へくるる古妻も狐のごとし春の宵闇

天体

朝明より運河をのぼる砂利船は荘重にして悪酔ひ渫ふ

人はみな見知らぬ間、父母未生以前のさくら空に咲くなり

わが彫りし刳舟ならむみどり児を乗せて逝くなり春の運河を

わが恋ひし女人菩薩ら春の夜の星のひかりに見ればほほゑむ

老醜は晒すべきかな、日に干され風に吹かれし魂の襞

葛城の一言主《ひとことぬし》神は憐れまむ春の群衆に紛るるわれを

アフリカのドラムを打てば王権のしづけさありて星座めぐりぬ

わが砦朽ちたりしかば野良猫は夕靄曳きて通り過ぐらむ　庭

ならびなき剣士たりしに数百年遅れきつれば野良猫を追ふ

松の木にのぼりし蛇《くちなは》纏れ合ひ万緑の庭夕映ゆるかな

雨ちかし

瑠璃色の磁石の針のふるへをり朴の花そらにひらくひかりに

雨ちかき日のやまなみは近く見えて蛇苺あかく人忘れしむ

黒南風《くろはえ》の昼をふくらむ青梅の熟れ落つるまで旅に出でゆく

わが谷に土搬《はこ》びきて埋《うづ》めゆく地のいとなみよわれは鳥の眼

水張田《みはりだ》となりたる山の村過ぎて雲雀をそらの芯に放てり

四寸岩山

埒もなき夏の野分の過ぐるなかひぐらしの声風に乱るる

木にむかひ腕ひろぐれば葉むらより風おこりきて鳥になるわれ

風荒き夏のくさむら流されし王ありしこと夏のくさむら

啼きわたる山ほととぎす雨霧の四寸岩山にことばの燧石《ひうち》

おのれを宥せ

くわくこうのしきりに啼けるこの朝明《あさけ》くらき仮面も華やぐらむか

静かなる晩年はこよ郭公の声のしじまにおのれを宥《ゆる》せ

虹

大根は掘られてありぬ、乳母車置かれてありぬ、合戦《いくさ》ありしか

形象を死者と頒たむ

形象を死者と頒たむわが伐《こ》りし木の年輪のくらきさざなみ

病　猪

わが咳に熟睡できぬ星あらむ霜しろく置く黄菊白菊

ひめやかにけものは土を歩むらし億万のもみぢ空に散り敷く

自転車の鞍はやさしく支ふらむ秋白光に溶くるごと行け
かたはらにもののけ姫のねむれるや夜もすがら降る落葉なりけり
人はみなけものとなりてまどろめり太き榾木《ほだぎ》は炎となりぬ
空に舞ふ枯葉はなべて歌ふらむ病猪《やみじし》あゆむ尾根の明るさ
枯山《からやま》の戸口にありて遠吠ゆる風の侏儒《こびと》らわれを宥さむ
夜もすがら吠ゆる山犬死者だけの棲まへる村となりゆくらしも
山霧のふかき一日《ひとひ》はおのづから遁甲《とんかふ》の術学ぶここちす
鳥けものひかりて遊ぶ森にきておてもやんすれば愉しからまし
雪けむりあげつつ山を駆け下る病猪《やみじし》はわが父にあらずや

雪　雲

雪雲《ゆきぐも》のうごかぬ今日は樹液噴く檜《ひ》の木を削り橇を作れり
この橇に何を載せるかわれの挽く檜の木の橇は雪に匂へり

山人の焚火の跡か暗緑の岩かげ出づる童男《をぐな》ありけり
たましひは形なきもの雪の日の檜の木の橇となりて運ばる
雪の夜の灯火明るし山住みの幸ひとせむ、悲哀ともせむ
栗茸《きのこ》投げ売りし市《いち》みおろせば秋の霞の澄みて古国《ふるくに》　果無
こころなきわれの影武者冬市のサーカス小屋に紛れ入りけむ
果無《はてなし》の尾根を辿りて海を見つ、山越しの海空にあふるる

別　離　　映画「萌の朱雀」より

吊橋をバイク渡れり二人乗るバイクは今日を運びゆくのみ
みんなみんな産土棄ててどこへゆく楽園はげに下界にあるか
風景に目守られたりしこの家も空家《あきや》となりて風景のうち
娘《こ》とふたり地下劇場に泪せり山住みのわれをスクリーンに見て

もののけ考

しののめに雪ふりつもりまどろめりわが足跡の嶺につづきて
できるだけ文明の速度に遅れつつ生きて来しかど誉められもせず
その巨根いづこに往きて憩ひしや、木の物語　風の語部
もののけと蔑まれつつ打つ斧の響きは澄めり冬の林に
軍艦のごとき雪雲《ゆきぐも》西空を覆へるゆふべ岩動くなり
さだすでに過ぎたるひとのわらわらと吊橋を来るいづこの式部

角笛

力つきてわが眠るとき瞼より春の樹液の動かむとする
父植ゑしこの杉山の五十年、二束三文となりても美《うるは》し
火を焚けよ淋しき今日は天焦《そらこが》す炎を森にあかあか立てよ
夜もすがら木枯しすさぶ森なりきこころを尽し生きねばならぬ

いつしかにゆるされをらむ雪山に夕日は入りてしばらく明るし

さくらは花に

出稼ぎといふことばのルーツ梅咲ける岨みちに逢ふ僧と犬のみ
木を伐《こ》らぬ木こりの森に噴きいづる春の樹液よ空うす曇る
西方の角笛吹けよ磷々と岩根立たしむ春の雪代
血縁をさびしむなかれさすらひて果てしをみなも石となりゐて
百合の香を身にまとひつつ山道を飛び去りしもの父かもしれぬ
あどけなきわがテロリスト角笛のきこゆるまでは草生に睡れ
生き別れ死にわかれきつ花ちかき日のゆふやみに夜神楽舞へり

ハンモック

てらてらと輝く葉むらくれなゐの花の蜜吸ひねむりしものを
山つつじ斜面に朱《あか》しかへりこぬ父待ちし日の草匂ふなり

雨空に湧く雲みればこともなく高き聚落に棲みて老いしか
花ぐもりの昼むしあつくドラム打てばぼあーんぼあーんと人死にゆかむ
たどたどしく法螺貝吹けばうらぐはし葉桜の山ふくらみゆかむ　夜の瞼
戸口にてよだかは啼けりくらやみのこよひのうちにここを落ちゆけ
柏餅作りたまひし垂乳根よ一山《いっさん》の柏われを手招く　鹿
わが枝にかたつむり白く暮れゆけり勲章のなきひとよのしるし
枕辺に法螺貝置きて眠るなりふかきねむりの入口として
おほるりの声の明るさ山頂の磐座《いはくら》のへに汗をぬぐへり　雨の三輪山
蟇《ひき》よりもさらに醜く生きこしと雨の三輪山しばらく仰ぐ

鳥総立

日輪の炎ゆる頂おごそかに槇の秀《ほ》つ枝を剪《き》らむとすらむ
八朔の森に入りけり木々灼けて驟雨奔りぬこともなけれど

伐採した樹木の再生を祈つて、古来その樹の梢を切株に立てた。

鳥総立《とぶさだて》せし父祖《おほちち》よ、木を伐りし切株に置けば王のみ首《しるし》

いつしらに老のきたるを受けいれてほととぎす過ぎる銀河の真下

立秋のひかりをはじき蜻蛉とぶ木斛《もくこく》の幹に仮面を懸ける

海原よりさらに藍濃きパジャマかなわがをみなごに牡鹿は出でよ

煩悩はつねにあたらし霜柱野に鳴りひびく夜明けとなれり　霜柱

冬の虹

ことごとく葉を落したる朴の木を見上げてをれば蒼穹の梁

さやうならといくたび振りしてのひらかひらひらとして落葉となりぬ

木を伐《こ》らぬ木こりなれどもくれなゐの焚火をなせり極月《ごくげつ》の山に

一言《ひとこと》で世界をうたへ、葛城の山にむかへるわれといふ他者

冬の虹空に凍《い》つる日失ひしもののなべては輝きそむる　言離之神

われよりもはるかに永く生きて来し櫸歩まむ夜半の血澄みて

ぞろぞろと鬼どもつづき下りきつるさくら咲く日の山となりたり　石《せき》斧《ふ》

ピコグラム量れるすべも知らなくに国原《くにはら》に石斧を拾ふ

草萠《も》ゆるわがししむらを踏みしむる牝鹿《めじか》なるべし霞《かすみ》を曳《ひ》ける

こともなく染井吉野は咲きそめて立ち遅れたる力士ありけり　力士

雪の日に曳かるる橇に薪《まき》のごと骨積まれをりいくさいくさと

さみどりの野に捨てられし乳母車をりをりひかりみどりごを待つ　他者

くわくこうの声の絶え間に迫りくる近山の尾根雨にけぶりぬ

ほととぎす啼きてわたれる青空に疵痕《きずあと》のごとけふの他者われ

「熊野懐紙」を偲ぶ熊野王朝歌会に、後鳥羽院に扮して出演する。

み熊野の王子の嶺を越えゆけば空飛ぶ鳥も風もうからぞ

鼓

わが谷の淡竹《はちく》を夜毎食べにくる猪神《ししがみ》を待つ蒼き狩人

西行に妻と娘のありしかと詮なきことを思ひつつ眠る

みささぎのくらき皐月ぞいつの日もわれを叱らぬ神ありぬべし

〈めぼ売ります〉と貼られし紙の邑過ぎて眩暈のごと国原ありき

天川は乳の道《ミルキーウエイ》、母の手にすがりて行きき川沿ひの道

弁才天に鼓を打てばかぎろひのゆふやみふかく翁は舞へり

大鴉

けものらもゐる山祭ちりぢりに別れてゆかむうからとおもふ

屋根の上に夜半降りきつるものの影くるしき夢をはらふ山風

野良犬が仔を産みし春古妻と投票にゆく夕日の岡へ

かぎりなく花を喰ひて年ふりし杣《そま》の灯火《ともしび》庭におよべり

白き紙貼られし灯籠に沿ひゆけばうぐひす啼けり鴉も啼けり

伐られたる角あと白き大鹿を目守りたまひき、前川佐美雄
都市の空の大観覧車に憩ひをり贅沢といふかわれのみ一人《シングル》
魂を掏られしものらささやきて何を売りをらむ桜の園に
朝明よりたが艶聞をさへづるや黄鶲の声、大瑠璃の声
燈をつけずこのゆふぐれの匂ふまで坐りゐたれば朴の花咲く
大方は遊びて過ぎき病気《いたつき》の国原なれど雲雀発《た》たしむ
歌ひつつ宙にとどまるわが雲雀苦しかるべし万緑の野に

蝦夷吟遊

山の灯に翔びきたりたるいかめしき兜虫を目守り夜明けとなりぬ
日の丸の旗をかなしとおもひけり川上村白屋の邑に
熾んなる炭火の炎、岸を打つ釧路の海の夜の舌黒し　北海道羇旅即詠

「青の会」発会式（一九九一年七月三日）。「現代詩歌におけるアニミズムの問題」

神ながら

蒼穹にしばらく泛かぶ心地せり世を捨てしこと告ぐるすべなく
まぼろしのだんじり一つ秋霧の嶺越ゆる日や昴りやまず
河堀口《こぼれぐち》過ぐれば阿倍野、人群れて秋の日たのしここ天王寺
朱泥もて落款押せば山の鹿ふたたび鳴けり家近く来て
バイアグラにこころ乱ると歌詠みし初老の紳士大阪も雨
初時雨さびしみをればゆくりなく朱塗の椀が水に泛かべる
秋萩の払へる露にうちしめる月のひかりはすでに十六夜《いさよひ》
熊野より八百比丘尼《びくに》訪ねきぬ昔むかしは吾妻なりしとぞ
柴栗を山に拾ひてその青実食みしをみなご井光《ゐひか》の裔か
わが庭のすがれ棗《なつめ》も散りつくし尽十方《じんじつぽう》に漂泊の秋

さかなの時間

くれなゐの帯となりつつみささぎの濠《ほり》に遊べるさかなの時間　崇神陵

扉

銀漢の闇にひらける山百合のかたはら過ぎてつひに山人
なんといふやさしき鬼か月差せる水引草にくちづけをせり
ふるさとより捨てられしわれ苔産《む》せる石を洗へり苔も生きもの
万国旗はためく秋のグランドを走りゐたれど歓声はなし
紅葉の山にむかひてひらかれし扉の奥にみちびかれ来つ
うからみな狐にみゆる黄昏は夕日にむきてこゝむと鳴くなり
性愛を蔑《さげす》まざりし神々のつどへる秋の夕雲朱し
世紀果つるこの秋の日に嶺越ゆる野鼠の列いづこに行かむ

岬

干魚の並べる入江、登り来て秋海潮《うなじほ》の光をあつむ　大王崎灯台
岬より岬へたどる秋の日の海の感情涯しもあらず
宵闇の隠《なばり》過ぎしか蛸焼きをしづかに食める女《をみな》ありけり

朝　靄

白き蛾は灯火のしたにゐたりしが記憶の島をひとつうしなふ
死にゆきし兜虫かこむ夜のうからかごめかごめを枯葉はなせり
いとけなく尿をかけし梅の木の洞《ほら》いでてくる朝の靄あり
木枯しにゆらゆらとする凍星《いてほし》のひかり増しくるまだ生きてをる
願はくは星ふりたまる山顚《さんてん》の窪みに棄てよわれ惚けなば
こともなく醜くなりし青童子《せいどうし》手触れし樹々に冬の蟬啼く

解説

前川佐重郎

かなしみは明るさゆゑにきたりけり一本の樹の翳らひにけり

前登志夫が歌人として出立した第一歌集『子午線の繭』の冒頭の一首である。集の後記に「ぼくの短歌はあまりにぼくの存在のしらべでありすぎた」「避けがたくこの定型の繭が、ぼくを紡ぎ出していた」と記している。

著者の言う「存在のしらべ」こそが、前登志夫という歌人の最大の特色である。それは体内から自然に奏でられるような短歌という定型詩固有の韻律のうつくしさである。

この作品の「かなしみは明るさゆゑにきたりけり」は、モーツアルトの楽句のいくつかのように明澄がゆえの哀しみが音楽のように「しらべ」として伝えられる。

前登志夫が現代詩から出発したことはよく知られている。リルケやヴァーレリーに傾倒し、戦争の翳を曳きずりながら、昭和二十年の半ばに、奈良の前川佐美雄の自宅にしばしば逗留しては、佐美雄やその仲間とともに詩の方法論について語りあった。やがて家業である林業を営む吉野の山に帰り、現代詩をひとまず措き、短歌という一行の詩に没頭した。前川佐美雄もまた、新たな詩のかたちを模索する前登志夫に対し、塚本邦雄、山中智恵子らとともに次代の短歌の大きな存在として期待した。

もう一つ前登志夫の短歌の道程のなかで切り離すことができないのが吉野である。吉野が記紀以来、日本の歴史を纏った地であることはたれも否定しない。前登志夫はその吉野に生まれ、一時その地を捨てる覚悟をしたが断念し、いまも棲みつづける。それは同時に反文明、反時代、反歌壇の姿勢をみずからに課することになる。前登志夫が自らを「樹下山人」

と嘯くのは、韜晦のすがたであり、むしろいまの時代に一歩遅れて生き続ける困難を言っている。魑魅魍魎《ちみもうりょう》、精霊《すだま》、木霊《こだま》と交感するには生活人としての精神の節度が必要なのである。それを単に土俗派というような一言で括ることはできない。

　そのような点に留意しつつ、これまで上梓された八冊の歌集を通観したい。

『子午線の繭』

もの音は樹木の耳に蔵《しま》はれて月よみの谿をのぼるさかなよ
夕闇にまぎれて村に近づけば盗賊のごとくわれは華やぐ
暗道《くらみち》のわれの歩みにまつはれる螢ありわれはいかなる河か

　第一歌集『子午線の繭』（白玉書房）は、昭和三十九年に上梓。前登志夫が短歌を試作し「異常噴火」を体験したと語る初期の作品がまとめられている。それらの作品は「生の一つずつの粒子である言葉と言葉とを、衝突させては火花を発し、未知の、意想外な、また異常な、精神を剝き出してくれるもの」（秋山駿）であり、三度も声を出してよめば暗誦できるほど「しらべ」「ひびき」がいい。

　一首目は、月の夜に谿を溯上する魚のすがたを詠んだものだ。それが実景であろうがなかろうが問題ではない。一首から立ちのぼるイメージが鮮烈である。「月よみの谿」は、月に照らされた谿流であろう。一行の詩を研いでいた頃の作者の鋭い感性がみえる。二首目は、いったん村を出た者が村に帰ってくる時のうしろめたさと外の空気を吸い込んで帰って来た者のこころのときめきを詠んだものだ。「盗賊のごとく華やぐ」は、前登志夫の詩法であり、現代詩的修辞でもある。「村」はひとつの磁場であり、引きつけたり、また遠ざけたりもする。

この父が鬼にかへらむ峠まで落暉《らくき》の坂を背負はれてゆけ　『靈異記』
さくら咲くその花影の水に研ぐ夢やはらかし朝《あした》の斧は
狂ふべきときに狂はず過ぎたりとふりかへりざま夏花揺るる

第二歌集『靈異記』（白玉書房）は、昭和三十七年に上梓。父祖の地、吉野に身を定着させた著者の生活者としての落着きとそれに対する反問が綾をなす。そして静かに「吉野」がこの歌人の身体と精神の主要な位置として作品世界を彩る。

一首目は、父がテーマである。父は時に「鬼」でなければならぬという思いがあるにちがいない。鬼にかえるのは象徴としての峠である。古来よりの日本の父の姿であり、前登志夫の裡なる父でもあるのだろう。「落暉」は夕日のこと。前登志夫はこの言葉を好んでしばしば用いる。

二首目は、たれもがうつくしく清々しい気分で読める。「斧」は、前登志夫が営む山林業には欠かせぬ道具である。この実用物としての刃物が美の大切な要《かなめ》として立たしめられている。

三首目は、これは人生における悔恨とも言うべき想いを詠んだものだ。筆者の知る前登志夫は十分に狂ったはずと思っているが、本人はまだ不十分で生焼《なまや》けの想いがあるのだろう。詩人は平穏を呪う厄介な生き物なのだ。

第三歌集『縄文紀』（白玉書房）は、昭和五十二年に上梓。吉野での山棲み生活が二十年を経て、その前年には吉野の樹叢や谿でのさまざまな想念を綴った評論集『山河慟哭』を出し、前登志夫の短歌の世界を散文化してみせた。

恋ほしめば古国《ふるくに》ありき万緑のひかりを聚《あつ》めふくろふ睡る

みなかみに筏を組めよましらども藤蔓をもて故郷をくくれ　『縄文紀』

一首目、緑のふかい初夏の森の真昼、ふくろうが睡っている。森に射し込むひかりを聚《あつ》めて微動だにしない物象としての存在。それは森の中の孤高な哲学的存在であり、同時にまた古国《ふるくに》、吉野の支配者のような威厳をもっている。

二首目、前登志夫には命令形の作品が多い。これも、原郷であるとともに土着した地、吉野への複雑な心情を一括りに収斂しようとするような趣がある。ましら（猿）を手下につかい藤蔓でくくるのは屈託と矜恃の産物である「故郷」という厄介物である。故郷への葛藤をこのように表現した。

第四歌集『樹下集』（小沢書店）は、昭和六十二年に上梓。昭和五十二年からの作七百八十余首が収められたぶ厚な集である。作品はしだいに平明になり、激する心情が抑えられ、自然と融合してゆく。著者自身「折りふしの気息のうちにあらわれる宇宙に、おのずから身を任せようと心がけた」と記す。

むらぎもの心をとりてかなたゆくしらさぎありき冬のひかりに　『樹下集』
さびしさに堪へたる人といはむかな湧井の水はあふれて凍《こほ》る

一首目、「むらぎも」は「心」にかかる枕詞。一読すればその情景が泛んでくる。これまられる。

でのつよい心情の吐露は鎮められ、しらべが意味や内容をこえて読む者の心に素直にとどけ

二首目、「さびしさに堪へたる人」とは、西行の歌「さびしさにたへたる人のまたもあれな庵ならべむ冬の山里」が、下敷きとなり、その寂寥感に作者も同化する。人間はいつも「さびしさ」と共棲している。

第五歌集『鳥獣蟲魚』（小沢書店）は平成四年に上梓。山や樹叢、谿、そしてもろもろの生きものが静謐な時間と、その経過のなかに詠み込まれている。そして、ゆるやかに「老い」が近づいてくる。

国原《くにはら》に虹かかる日よ鹿のごと翁さびつつ山を下りぬ

葛城より大峯にわたす虹の橋こころにもちて山くだり来つ

『鳥獣蟲魚』

一首目は、この集の巻頭に据えられている。大和国原に虹がかかるのを見ながら吉野の山を下っている。山鹿のように翁さびてという表現に「老い」の意識が読みとれる。しかし、その老いは、衰弱した暗がりへの傾斜ではなく、肯定的な意識として据えられている。

二首目、一首目と対をなすような虹。ただしここでは葛城山と大峯山をわたす虹の橋。葛城山から吉野に橋を架けるという役小角と一言主神の説話が、この作品では「虹の橋」として蘇生する。前川佐美雄は葛城の生まれ。作者の意識の中に佐美雄が居たのではないか。それは筆者の想像である。

第六歌集『青童子』（短歌研究社）は、平成九年に上梓。民俗的な認識の深まりのなかで、

自在に過去と現在を往還しつつ、自らを見つめる。それでいて人間臭のある山棲み人《びと》の声が聞こえる。

夜となりて雨降る山かくらやみに脚を伸ばせり川となるまで
鳥けもの食《くら》ひくらひて年長《た》けしわがうつしみをいとふ雪の上
ふるくにのゆふべを匂ふ山桜わが殺《あや》めたるもののしづけさ
『青童子』

一首目、自らが川になってゆくという身体感覚は、自然への一体化とともにアニミスティックな異世界である。古事記にある異形「いびか」の世界への通路のようにも思える。二首目は、「鳥けもの」に象徴させながら人間存在の狼藉の数々を想起しつつ、自らのうつしみと齢を思う。純白の雪がまぶしい。三首目、ゆうべを匂う山桜のたたずまいと過去に殺めたものの静けさが一つになる。この作品も人間存在の不条理を自問する。前登志夫の歌が時空を超えて読者との「対話」を可能にしているのは、つねに人間という生き物の正体に関心が向けられているからにちがいない。

第七歌集『流轉』（砂子屋書房）は、平成十四年に上梓。吉野の山人として自らを隔離し続けながらもこの国のいびつな椿事や移ろいと無縁でいられるはずもない。加齢とともに今の世に身をゆだねざるを得ないもどかしさを「流転」と題したとも受けとれる。

山人《やまびと》とわが名呼ばれむ万緑のひかりの滝にながく漂ふ
かたはらにサリンをいだき睡りゐる若者と行く春の地下道
『流轉』

一首目、山と和解し、山人《やまびと》でありつづけることを諾ってすでに久しい。世間もまたそのように呼ぶ。緑ふかい森の木洩れ日の滝に身をまかせながら「それはそれでいい」と呟く。滋味ぶかい山人の独語のようにも思える。

二首目は、オウム真理教のサリン事件を題材としたものである。あの世間を震憾させた事件を、流転の山人はこのように詠む。直接法をとらず、一見のどやかな春の情景のなかに、正体不明の現代の怪異の不気味さを表現している。

第八歌集『鳥總立《とぶさだて》』(砂子屋書房)は、平成十五年に上梓、前歌集『流轉』とあまり期間を置かず出された最新の集である。自在な詩的飛躍のなかに諧謔もユーモアも、また哀しみもある。老いを意識しながらも歌は衰えていない。

春風は焚火の炎あふれども人間ひとりを焼くに至らず　『鳥總立』
木にむかひ腕ひろぐれば葉むらより風おこりきて鳥になるわれ

一首目は、春の焚火に対するややシニカルな眼差しとともとれようが、諧謔とユーモアを感じる。前登志夫の真骨頂はこんなところにもある。

二首目は、方術をつかう神仙のような趣がある。しかし、人間の自力での飛行は永遠の願望であり、実現したときは鳥となる。「風おこりきて」という具体的な表現がおもしろい。

前登志夫は歌人のみならず、むしろそれ以外のジャンルの人たちの支持が多い。それは吉野という磁場をひとつの基点にしながらも、そこから発信される歌の数々が、詩のちからとしての普遍性という生命力をそなえているからであろう。

前登志夫　略年譜

大正一五年（一九二六）　〇歳
一月一日、奈良県吉野郡秋野村（現在は下市町）広橋字清水にて、父理策、母可志の二男として誕生。五歳上に兄、三歳下に妹。

昭和七年（一九三二）　六歳
広橋小学校に入学。四年から下市小学校へ転校。

昭和一二年（一九三八）　一二歳
旧制奈良中学（現・奈良高校）に入学。下宿を八回替わる。小説を書く。この頃のことは、後に「森の時間」にも少し書かれている。

昭和一八年（一九四三）　一七歳
同志社大学に入学。

昭和一九年（一九四四）　一八歳
万葉集を愛読する。また、近代の文学をよく読む。

昭和二〇年（一九四五）　一九歳
一冊の詩集（未完）を残して軍隊に行く。兄が、ビルマにて戦死する。

昭和二一年（一九四六）　二〇歳
紀州白浜に、郷土の先輩詩人野長瀬正夫氏を訪ね、数日居候し遊ぶ。アンソロジー『日本詩集』の編集を手伝い三好達治など代表的詩人の生原稿に触れる。

昭和二三年（一九四八）　二二歳
「詩風土」「日本未来派」「詩学」に詩を発表。京都から、小島信一、大森忠行氏等と「新世代詩人」創刊。リルケ、ヴァレリーに最も親しむ。

昭和二四年（一九四九）　二三歳
熊野、四国、信州等を毎年のように訪れ、以後各地を遍歴。吉野より「詩神レポート」を発行。詩集『宇宙駅』の「初期詩篇」や「深夜の牛乳」等をこの頃多く作る。毎年春、植林の作業をする。

昭和二五年（一九五〇）　二四歳
伊豆に一年間住む。柳田国男『遠野物語』を愛読。

昭和二六年（一九五一）　二五歳
吉野に帰山。前川佐美雄を訪問。以来前川邸に再三宿泊の恩義を蒙り、文学的影響を受ける。保田与重郎氏に紹介される。池田克己氏帰省時、池田邸に泊まる。小野十三郎氏に会う。「日本歌人」に依頼され「桜」詩一篇を寄稿。

昭和二七年（一九五二）　二六歳
詩誌「詩豹」創刊。柳田国男『山の人生』に感動。折口信夫の『古代研究』歌集『海山のあひだ』に親しむ。民俗を学びつつ古典を読む。亀井勝一郎氏に紹介される。斎藤史氏に出会う。陸奥を旅す。

昭和二八年（一九五三）　二七歳
村野四郎氏に会い再三助言を受ける。「荒地グループ」の鮎川信夫、木原孝一、田村隆一、中桐雅夫氏等と会う。小島信一氏のアパートにたびたび逗留し、居候になる。幾多の影響を蒙る。

昭和二九年（一九五四）　二八歳
ふもとの町の書店で「短歌」創刊号（折口信夫特集）を偶然手に入れ、不思議な昂りを覚えた。

昭和三〇年（一九五五）　二九歳
短歌を試作〈異常噴火〉を体験する。筆名を安騎野志郎とする。九月「短歌研究」（大岡信、谷川俊太郎、高柳重信、岡井隆）、「短歌」（諸井誠、勝本富士雄、山口勝弘、大森忠行）座談会に歌人として出席。「日本歌人」夏行に参加（信濃）。

昭和三一年（一九五六）　三〇歳
詩集『宇宙駅』（昭森社）出版。東京虎の門「キムラヤ」にて出版記念会。

昭和三三年（一九五八）　三二歳
父祖以来の山村生活に定着し、孤独な晴林雨読の日を送る。「短歌」四月号「オルフォイスの地方」30首から前登志夫の本名に戻す。同号で塚本邦雄・上田三四二氏と「詩と批評をめぐって」座談会。歌壇への発表最も旺盛な数年間となる。

昭和三五年（一九六〇）　三四歳
NHK放送詩集「前登志夫の人と作品」放送。安西冬衛氏の解説「前登志夫の精神記号について」。

昭和三六年（一九六一）　三五歳
村上一郎氏の要請で、紀伊国屋新書に書き下ろし評論『隠遁の論理』を執筆するが挫折して未完。

昭和三七年（一九六二）　三六歳
郷土の民俗学の先輩、岸田定雄氏の紹介で、林順子と結婚。

昭和三八年（一九六三）　三七歳
この頃、大峯山系や各地の霊山に登る。

昭和三九年（一九六四）　三八歳
第一歌集『子午線の繭』（白玉書房）出版。東京新聞、朝日新聞他で大きくとりあげられ、歌壇よりも先に文壇や詩壇で高い評価。長男浩輔誕生。
昭和四一年（一九六六）　四〇歳
エッセイ集『吉野紀行』書下ろし出版（角川写真文庫）。この頃よりＴＶ・新聞・雑誌等で吉野を語ることが多くなる。毎日新聞「ある視点」執筆。
昭和四二年（一九六七）　四一歳
「山繭の会」誕生。毎日放送ＴＶ「真珠の小箱」に「吉野の山人」と題し出演。以後毎年出演す。
昭和四三年（一九六八）　四二歳
次男雄仁誕生。この前後約十年都市に殆ど出なくなる。現代歌人協会・関西で講演「詩歌の原郷」
昭和四五年（一九七〇）　四四歳
毎日放送「真珠の小箱」五百回特集「壬申の乱」全4回、依田義賢脚色・足立巻一演出の共同制作
昭和四六年（一九七一）　四五歳
「短歌」二月号に評論「わが山河慟哭の詩心」。
昭和四七年（一九七二）　四六歳
第二歌集『靈異記』（白玉書房）出版。吉野山中にあって「山霊を歌う歌人」の評価と独自の歌風を確立。三月、長女いつみ誕生。「短歌」10月号で小野十三郎氏と対談「言語と文明の回帰線」。
昭和四八年（一九七三）　四七歳
三一書房『現代短歌大系』第八巻に高安国世、田谷鋭集と共に「前登志夫集」収録。朝日新聞連載「作家Who's Who」（『現代の作家一〇一人』新潮社）の第四人目に紹介される。「週刊朝日」（12月14日号）「わたしの城」に書斎が掲載。
昭和四九年（一九七四）　四八歳
「短歌」三月号で岡野弘彦・馬場あき子氏と鼎談「わが歌の源に輝く時」。「短歌」四月号より、「歌の思想」連載開始。大阪・金蘭短期大学に教授として招かれ、一五年間の山篭り暮しを解く。
昭和五一年（一九七六）　五〇歳
「国文学」四月号に「人麻呂の抒情」。評論集『山河慟哭』（朝日新聞社）出版。短歌新聞社現代歌人叢書で自選歌集『非在』出版。「短歌」六月号で岡野弘彦・岩田正氏と鼎談「土俗の行方」
昭和五二年（一九七七）　五一歳
「国文学」二月号短歌特集に「意味・イメージ・

調べ」執筆。「短歌」三月号特集「前登志夫の現在」。「短歌」愛読者賞受賞。同四月号で吉増剛造・辺見じゅん氏と鼎談「歌へ歌、故郷をくくれ」。「短歌研究」四月号に30首。上田三四二・塚本邦雄・馬場あき子氏と「短歌」別冊増刊号座談会「現代短歌のすべて」。「国文学」六月号折口信夫特集で広末保氏と対談「沼空折口信夫の問いかけるもの」。『黒滝村史』編集刊行。第三歌集『縄文紀』（詩人吉岡実氏装丁・白玉書房）出版。熊本日日新聞社短歌大会で講演、以後再三熊本に

昭和五三年（一九七八）　五二歳

エッセイ集『存在の秋』（装丁司修氏・小沢書店）出版。「現代歌人文庫」（国文社）で自選歌集『前登志夫歌集』刊。「国文学」二月号に「ポラーノの広場」執筆。「短歌」四月号で小川国夫氏と対談「言葉が人間を語る」。同六月号「吉野感愛」山本健吉氏と口絵対談。NHKTV「女性手帳」で「吉野諷詠」に出演（五日間）。『縄文紀』により第12回迢空賞受賞。「短歌研究」九月号「短歌研究新人賞」選考委員を近藤芳美・生方たつゑ・岡井隆・前田透・上田三四二と担当。大阪朝日カルチャーセンター開講、短歌講座毎週担当。中上健次氏と吉野下市で対談「文学の場としての吉野・熊野」

昭和五四年（一九七九）　五三歳

朝日新聞「早春のうた」4回、読売新聞「私の風土記」に「火」15回連載。「短歌」七月号座談会「吉野にて歌を語れば」山本健吉・岡野弘彦氏と。

昭和五五年（一九八〇）　五四歳

大阪朝日カルチャーセンター「和歌千年の流れ」を「朝日選書」とする出版契約。読売歌壇（大阪）選者となる。八月、歌誌「ヤママユ」創刊。11月朝日新聞コラム「日記から」連載。「短歌」一二月号対談「短歌新時代の架橋」玉城徹氏と。

昭和五六年（一九八一）　五五歳

「短歌」一月号より「山家日記」連載開始。一月から7回「古代歌謡と民俗」六月から5回「西行」講義（よみうり文芸サロン）。四月、父逝去、満九二歳。シリーズ『古寺巡礼西国東国』の『観心寺』書き下ろし（淡交社）刊。作品集『前登志夫歌集』（司修氏装丁・小沢書店）出版。一〇月、読売新聞に「全詩歌集刊行に思う」。

昭和五七年（一九八二）　五六歳
一月朝日新聞「新人国記」〈奈良県〉出る。二月「流離の歌」5回講演（よみうり文芸サロン）。五月大峯山上ケ嶽の戸開けに息子二人と登拝。九月中国に旅する。読売新聞（大阪）エッセイ「樹下三界」連載開始（一一年間四百回）角川書店より五冊の単行本に。一一月ラジオ・カルチャー「吉野讃歌」。NHKTVコラム「吉野歌日記」。大阪・真宗仏教講演会にて西行を話す。聴衆一五〇〇人

昭和五八年（一九八三）　五七歳
三月、ヨーロッパ（フランス・スペイン・スイス）に遊ぶ。五月一五日、熊野本宮大社歌碑除幕式。NHKTV「わたしの万葉集」で各地を取材旅行。河合雅雄氏らと「婦人の友」座談会。NHKラジオ「万葉集・初期の歌人たち」全14回語る。七月、よみうり文芸サロンシリーズ「はぐれ者の生成」の第一回総論。八月比叡山にてヤママユ研究会。九月、中国雲南への旅。千里サロンで「良寛」を三回語る。慶応大学「古代学」で講演。「短歌研究」一一月号に短歌セミナー「樹木をよみこむ」執筆。一一月エッセイ集『吉野日記』（角川書店）出版。NHKTVシリーズ「日本語再発見」でインタビュー。

昭和五九年（一九八四）　五八歳
「短歌」一月号対談「ことだまと鬼」角川春樹氏と。雑誌「ポスト」に随筆一年間連載。三月エッセイ集『吉野紀行』新版（角川選書）。ヨーロッパ（ギリシア・オーストリア・ドイツ）へ。七月山本健吉・角川春樹・中上健次氏等と熊野に遊び折口信夫が若き日に遭難した大台が原山の峡谷へ尾鷲から往古川を遡る。一一月、朝日新聞「しごとの周辺」連載。一二月、母逝去。満九〇歳。

昭和六〇年（一九八五）　五九歳
「短歌研究」一月号に「一首に結晶する」執筆。NHKラジオ「一冊の本」で「風の又三郎」を語る。朝日新聞に「遠野物語」執筆。「国文学」四月号西行特集で久保田淳氏と吉野山中「ヤママユ庵」で対談。五月、秋田魁新報短歌大会に行き、男鹿半島、田沢湖、遠野の芽吹きに遊ぶ。泉谷周平氏同道。九月講談社『大和の古道』にエッセイ「古代のしるべ」を執筆（写真・田中眞知郎氏）。

九月、雑誌「旅」の仕事で出雲の西国巡礼の古寺めぐり、北尾勲氏の案内。一〇月、吉野蔵王堂の落慶法要にて「蔵王讃歌」作詞、大合唱（作曲・服部克久氏）。「アサヒグラフ」に「わが家の夕めし」紹介される。NHKラジオ「ことばの歳時記」出演一一月東北短歌大会で講演。蔵王に登り平泉他を立花正人氏と吟遊。熊野湯の峰でヤママユ研究会

昭和六一年（一九八六）　六〇歳

「短歌研究」一月号に7首と「ペンネームの由来」執筆。日経新聞日曜特集シリーズ「競う」で万葉の犬養孝氏と対談。交通公社『旅の歳時記』毎日新聞社『万葉百首』中の一一首鑑賞。『修学院離宮』書き下ろし（シーグ出版）。三月、国立文楽劇場栞に「妹背山女庭訓」執筆。四月、谷川健一氏と吉野の花に遊ぶ。「俳句」座談会、山本健吉、森澄雄、中上健次氏らと。エッセイ集『樹下三界』（角川書店）出版。五月よみうり文芸サロンで親鸞『歎異抄』11回。八月吉野にてヤママユ研究会。以後毎年吉野で開催。一〇月NHK市民大学講座「万葉びとの歌ごころ」（一二月まで三カ月放送）一二月アサヒグラフ特集「昭和短歌の世界」

昭和六二年（一九八七）　六一歳

三月、同朋社『中国詩歳時記』にエッセイ。「国文学」四月号特集「古今集から新古今集へ」に「歌の流れに」執筆。四月エッセイ集『吉野遊行抄』（角川書店）出版。宮島短歌大会で講演「花鳥の奥へ」。「短歌研究」八月号に20首。九月歌誌「ヤママユ」第二号発刊。『吉本隆明25時』出演（弓立社より出版）。一〇月第四歌集『樹下集』（小沢書店）出版。久保田淳・秋山駿氏他による書評多数。愛媛県文化振興財団シンポジウム「日本文化を考える」に多田道太郎氏等と招かれる。

昭和六三年（一九八八）　六二歳

雑誌「太陽」一月号「短歌の現在」にインタビュー。一月、朝日新聞「都市の遠近」に執筆。二月NHK「朝のティータイム」に出演。藤沢病院へ前川佐美雄師を見舞う。短歌新聞にインタビュー「日常の底を破る認識」。「花づな」（菱川善夫氏編集七号）に特集「前登志夫の宇宙とアイヌ神謡集」。三月前登志夫監修『奈良紀行』（主婦の友

社）出版。『原像日本③古代を彩る地方文化』（旺文社）にエッセイ「わが古代感愛の日々」。読売文化講座「歌人自作を語る」シリーズに出演。「太陽」四月号にエッセイ「青垣山隠れる大地」。四月、宮崎県「照葉樹林文化論シンポジウム」に佐原眞・中沢新一氏等と招かれる。南の会「梁」の人々と会う。五月山本健吉氏逝去。密葬に上京。『樹下集』で第三回詩歌文学館賞受賞。北上市での授賞式に出席。七月NHK趣味講座「短歌」にインタビュー。八月、吉野でのヤママユ夏季研究会の折、「天狗がふと夜明けの夢にあらわれ、この崖を飛べ」とさそわれ、未明の斜面を跳び、背骨や脚の骨を砕かれる。町立大淀病院に入院。「国文学」一一月号「人麻呂・貫之・定家」特集に「人麻呂影供のことなど」を口述。「歌壇」「雁」の特集企画。一一月、骨は潰れたまま、腰椎と胸椎が一つになって回復に向かう。一二月、約五か月ぶりに大阪千里の女子大へ出講。よみうり文芸サロンで「右大臣実朝」を三回語る。

平成元年（一九八九）　六三歳

「歌壇」一月号「シリーズ・今日の作家」に上田三四二氏と特集。「現代短歌雁」九号に前登志夫特集（吉本隆明氏等執筆）。冬、腓がえりに悩まされる。三月、怪我をしてから半歳経過、コルセットを外す。六月、「真珠の小箱」に出演。七月『吉野鳥雲抄』（角川書店）出版。八月読売新聞夕刊で『吉野鳥雲抄』のインタビュー「千年の流れに耳傾ける」。朝日カルチャーセンターから『短歌遊行―生きるよろこび』の四時間講座テープ発売。「短歌研究」一〇月号に「西行からの手紙」執筆。九月、お茶の水図書館ホールで、「山住みの文学について」講演。朝日新聞の「向き合う人生」に、夫妻のインタビュー記事。

平成二年（一九九〇）　六四歳

「新潮」に短編「森の時間」連載開始。「歌壇」一月号に塚本邦雄氏と対談。三月よみうり文芸サロンで萩原朔太郎を二回語る。以後、三好達治・金子光晴等の近代詩人を論じる。七月、師匠の前川佐美雄逝去。読売（東京）に追悼談話。共同通信追悼文「稀有なる詩的光芒」。八月、NHKラジオ第二放送シリーズ「こころを読む」で「西行を読む」を四回語る。「国文学」九月号「和泉式部特集」インタビュー「国文学」別冊「短歌・鑑賞ハンドブック」に「韻律」「自然」を執筆。一一月東吉野村のふるさと創生事業として歌碑「朴の花たかだかと咲くまひるまをみなかみにさびし高見の山は」（『霊異記』）が建立され除幕式が行われる。

平成三年（一九九一）　六五歳

「短歌研究」一月号に「歌人のデヴュー作〈前川佐美雄〉」を執筆。「歌壇」一月号より「歌のコスモロジイ」連載開始。三月『森の時間』（新潮社）出版。岡井隆氏と対談（『感じる歌人たち』エフエー出版）。四月、NHK衛星放送「歴史街道」シリーズ「山の辺の道」に出演。「新潮」五月号で吉増剛造氏と対談。「国文学」七月号古事記特集に「神話の国原」執筆。七月、前川佐美雄一周忌法要（新庄町極楽寺）。「日本歌人」七月号追悼特集に「稀有なる詩魂の成熟」執筆。朝日新聞「往復書簡」に執筆。八月「真珠の小箱」に長女いつみと出演。『山河慟哭』小沢書店より復刊。九月エッセイ集『吉野風日抄』（角川書店）出版。一〇月NHK教育TV「私の健康ライフ」で山住みの生活を語る。宮崎での朝日新聞・森林文化協会「森林と人間」シンポジウムに招かれる。大阪にて、俳人協会三〇周年の記念講演。一一月NHKラジオ第二放送「自作を語る」で『森の時間』を語る。朝日新聞・回顧'91「文学」のベスト5に川村二郎氏によって『森の時間』が選ばれる。

平成四年（一九九二）　六六歳

「新潮」新年号に短編「わらいたけ」執筆。「新潮」二月号で白洲正子氏と対談「神様が降りてくる」。「俳句」で岡井隆・中上健次氏と連続座談会「時代の中の定型を読む」。四月NHK衛星放送「歴史街道」シリーズ「吉野」に出演。五月、吉野の葉桜の下で白洲正子氏と対談（「芸術新潮」六月号）。日経新聞に「空の若葉に」連載開始（20回）。「短歌」七月号で大特集「吉野の山人・前登志夫の世界」（二三〇ページ）。九月、「真珠の小箱」出演。一〇月、第五歌集『鳥獣蟲魚』（司修氏装丁・小沢書店）出版。「短歌研究」一〇月号より作品連載開始（30首ずつ二年間・八回）。NHK教育TV「テレトークINなら」出演。一一月、九州旅行。熊本より佐賀・吉野ヶ里遺跡へ。

平成五年（一九九三）　六七歳
二月、詩歌の旅―バリ島。四月、近江叶匠寿庵の「すないの里」で講演「古代のこころを生きる」。五月、『鳥獣蟲魚』で斎藤茂吉短歌文学賞受賞。NHKラジオ第二「私の日本語辞典・短歌と言葉」放送（三回）。七月、NHKラジオ第一「吉野に生きて吉野に遊ぶ」放送（三回）。エッセイ集『吉野山河抄』（角川書店）出版。九月、「新潮」一〇月号で白洲正子氏と対談「南北朝異聞」。一一月、大和、桜井市で講演「歌ごころの原郷―まほろばのトポス」。毎日(大阪)文化センターで「古代を考える」講義（五年間60回）。

平成六年（一九九四）　六八歳
三月、和歌山歌人クラブで講演「歌とその風土」。五月、詩歌の旅―古代百済新羅を偲びて。七月、「晨」創刊一〇周年記念講演「歌ごころの宇宙」。八月、「心の花」全国大会（堺市）で講演「詩的自立について」。一二月、吉野黒滝村赤岩で歌碑建立除幕式。「新潮」新年号で秋山駿氏と対談「年令について」。

平成七年（一九九五）　六九歳
二月、高知で「短歌芸術社」創設七〇周年記念講演「詩ごころ歌ごころ―現代を生きるために」。三月、詩歌の旅―ネパール。六月、「水甕」全国大会（橿原市）で講演「言葉とそのトポス」。六月、「真珠の小箱」出演。

平成八年（一九九六）　七〇歳
NHK衛星放送「ふるさと旅列車」出演。読売新聞（大阪）にソネットの詩を発表。三月、沖縄旅行。ウタキの旅、久高島・宮古島。「雪解」六〇〇号記念大会で講演「辺土の魂」（東京会館）。一〇月、広島で柊短歌会四五周年記念講演「年輪について」。一二月、エッセイ集『木々の声』（角川書店）出版。

平成九年（一九九七）　七一歳
四月「短歌研究」作品連載を軸にまとめた第六歌集『青童子』（司修氏装丁・短歌研究社）出版。川村二郎氏他書評多数。五月、NHKTV「心の時代―詩の歳月」に出演（吉野黒滝村）。八月「夜のしじまに」（NHKラジオ第一）放送。「短歌朝日」九、一〇月号で小川国夫氏と対談「歌びとは世界的な反響を感受し言霊や幻聴を短歌宇宙に変えられるか」。

平成一〇年（一九九八）　七二歳

二月、『青童子』により、第49回読売文学賞受賞。三月、読売新聞にコラム「潮音風声」連載開始（10回）。四月、「NHK歌壇」に「病猪の散歩」連載開始。フジTVハイビジョン「吉野の桜　桜の吉野」大谷直子と出演。五月、毎日放送TV「叡智の歌」出演。「太陽」奈良・大和路特集「倭に棲む」執筆。六月「関西の天然記念物」―森のトトロのつぶやき、東海財団。九月、「ヤママユ」三号復刊。藤枝市で講演「歌のコスモロジー」。ながらみ書房の及川隆彦氏インタビューに来訪。

平成一一年（一九九九）　七三歳

「新潮」三月号で谷川健一・岡野弘彦氏と鼎談「わが国土の建設」。五月、和歌山放送「熊野古道―後鳥羽上皇」出演。七月、谷川健一氏「青の会」結成記念大会で講演（北海道釧路市）。「短歌と日本人」（岩波書店）第六巻に坪内稔典氏によるインタビュー掲載。

平成一二年（二〇〇〇）　七四歳

三月、鳥取で講演、三徳山三佛寺、砂丘、万葉因幡国庁など見学。四月、大和歌人協会で講演「いま何故短歌を詠むのか」。役行者千三百年祭として、蔵王堂で謡曲「谷行」が奉納される。八月、エッセイ集『明るき寂寥』（岩波書店）出版。「ヤママユ」夏季大会、阿蘇より椎葉村へ。九月、TVSTV「西行法師―英雄たちの京都千年伝説」出演。東京新聞に「吉野の山里で世紀を送る」執筆（3回）。

平成一三年（二〇〇一）　七五歳

三月、桜井・宇陀、広域歴史文化講演会で「万葉のこころ―国つ神への挽歌」。四月、吉野川上村匠の聚で講演「古代からのメッセージ―未来へ語り継ぎたいもの」。八月、「ヤママユ」夏季大会（花巻市）、早池峯山に登る。九月、香芝市二上山博物館で講演「万葉びと　大来皇女と大津皇子」。一〇月、「柊」五〇周年記念講演「老の美について」。一二月、奈良市連合文化協議会で講演「豊かに生きよう―日本文化の伝統に根ざして」

平成一四年（二〇〇二）　七六歳

三月、NHKラジオ第一「心の時代―亡き母を思う」放送。四月、「家庭画報」（白洲正子を偲ぶ）。

八月、「ヤママユ」夏季大会、大山寺宿坊、大山に登る。一一月、第七歌集『流轉』（倉本修氏装丁・砂子屋書房）出版。

平成一五年（二〇〇三）　七七歳

三月、「NHK歌壇」四月号より「羽化堂から」連載開始。八月、「ヤママユ」夏季大会、紀伊勝浦、熊野の霊場を訪う、一一月、第八歌集『鳥總立』（倉本修氏装丁・砂子屋書房）出版。一二月一一日、『流轉』並びに過去の全業績により、第26回現代短歌大賞受賞。

平成一六年（二〇〇四）　七八歳

三月、エッセイ集『病猪の散歩』（NHK出版協会）出版。「サライ」五月六日号「奈良特集」にインタビュー掲載。四月、高岡市万葉歴史館で講演「天二上と空の渚」。六月、「作家の原風景」に三枝昂之氏によるインタビュー（「歌壇」一〇月号）。七月、NHKラジオ第一「心の時代―山の声を聴く」放送。八月、「ヤママユ」夏季大会（郡上八幡、郡上大和）。一二月、エッセイ集『歌のコスモロジー』（本阿弥書店）出版。

平成一七年（二〇〇五）　七九歳

一月二十八日『鳥總立』により第46回毎日芸術賞文学II部門で受賞、贈呈式。一月、文化財と防災の学会。基調講演、京都会館。二月、四月、毎日文化センター、特別公開講座「咲く桜、散る桜」。四月、「短歌現代」五月号より「林中歌話」連載開始。五月、NHKBSハイビジョン「日本巡礼「吉野　山日記」出演。六月、『鳥總立』とこれまでの全業績により第61回日本芸術院賞文芸部門受賞、併せて恩賜賞受賞。七月、特別公開講座「わが歌の世界」（朝日カルチャー奈良）。八月、「ヤママユ」夏季大会　吉野山にて。

検印省略

平成十七年九月二十五日　第一刷印刷発行
令和　三 年十月　十 日　第四刷印刷発行

前登志夫歌集

定価　本体二〇〇〇円
（税別）

著　者　前　登志夫
編　者　前川佐重郎
発行者　國　兼　秀　二
発行所　短　歌　研　究　社
郵便番号一一二―〇〇一三
東京都文京区音羽一―一七―一四　音羽YKビル
電話〇三（三九四四）四八二二・四八三三
振替〇〇一九〇―九―二四三七五番
印刷者　豊国印刷
製本者　牧　製　本

ISBN978-4-88551-918-5　C0092　¥2000E